U0933277

博

（外四种）

【晋】张华 等撰

中国出版集团公司
華文出版社

图书在版编目（CIP）数据

博物志：外四种 /（晋）张华等撰. -- 北京：华文出版社，
2018.1（2019.10重印）
（中国古典小说丛书）
ISBN 978-7-5075-4770-2

Ⅰ.①博… Ⅱ.①张… Ⅲ.①笔记小说－小说集－中国
－古代 Ⅳ.①I242.1

中国版本图书馆CIP数据核字（2017）第249432号

博物志（外四种）

撰　　者：（晋）张　华 等
责任编辑： 吴　晶　刘超平
装帧设计： 格林文化
出版发行： 华文出版社
社　　址： 北京市西城区广外大街305号8区2号楼
邮政编码： 100055
网　　址： http://www.hwcbs.com.cn
投稿信箱： hwcbs@126.com
电　　话： 总编室 010-58336239　责任编辑010-58336193
发行部 010-58336270　010-56249152
经　　销： 新华书店
印　　刷： 三河市三佳印刷装订有限公司
开　　本： 710mm×1000mm　1/16
印　　张： 6.75
字　　数： 81 千字
版　　次： 2018年1月第1版
印　　次： 2019年10月第2次印刷
标准书号： ISBN 978-7-5075-4770-2
定　　价： 20.00 元

版权所有　侵权必究

“中国古典小说丛书”出版说明

所谓“古典小说”云者，其义有二焉：一曰，但凡古代之小说，皆可谓之“古典小说”；一曰，但凡技法未受泰西影响之小说，亦可谓之“古典小说”。然此特就今人之观念言之耳。

揆诸坟典，“小说”一词，出自《庄子·外物篇》，其言曰：“饰小说以干县令，其于大达亦远矣。”由此观之，庄子所谓“小说”，不过琐屑之言，以其无关道术，故以小说名之耳。

炎汉成、哀之世，刘向、刘歆父子典校秘书，检讨百家学说，取桓谭《新论》“小说家合丛残小语，近取譬论，以作短书，治身治家，有可观之辞”之意，把《伊尹说》《鬻子说》诸书，归为“小说家”之书，而《汉书·艺文志》（以下简称《汉志》）继之。夷考其说，“小说家者流，盖出于稗官，街谈巷语，道听途说者之所造也”（语出《汉志》），此亦非后世之小说也。

唐修《隋书》，其《经籍志》立论本诸《汉志》，以小说为“街谈巷语之说”（《隋书·经籍志》语）。当此之时，小说之名虽同，而其类目稍广，举凡《燕丹子》《世说》《迩说》之属，皆可入诸小说名下。

后晋修《唐书》，其《经籍志》立论与《隋志》无异，以《博物志》隶小说，此为“神异志怪之书”入小说之始。

天水一朝，欧阳文忠公撰《新唐书·艺文志》（以下简称《新唐志》），以《列异传》《甄异传》《续齐谐记》《感应传》《旌异记》等“史部·杂传类”之书移于“小说类”。至是，小说之部类日棼。

及元脱脱修《宋史》，《艺文志·小说类》承《新唐志》之旧而增广之。

明胡应麟以小说繁夥，派别滋多，于是综核大凡，分小说为六类：一曰“志怪”，一曰“传奇”，一曰“杂录”，一曰“丛谈”，一曰“辩订”，一曰“箴规”。至此，小说一类已蔚为大观，脱《汉志》“街谈巷语”之成规。

清修“四库”，《总目提要》（以下简称《提要》）别小说为三派，“其一叙述杂事……其一记录异闻……其一缀辑琐语”，而又损益之。考诸《提要》，则损益可知：一曰，进“丛谈”“辩订”“箴规”为“杂家”；一曰，隶《山海经》《穆天子传》诸书于小说。小说范围，至是乃稍整洁矣。其分目虽殊，而论述则袭诸旧志。

曩者宋元明清之史志，难觅“平话”“演义”之书，此特士夫习气，鄙其为末流所使然也。史家成见，一至于斯。今人刻书，自当脱古人窠臼。

说部诸书，以文体分，有“白话”“文言”之别；以体裁分，有“话本”“传奇”“演义”之别；以内容分，有“佳话”“世情”“侠义”“家将”“神魔”之别。细玩其文，既有劝世之良言，亦有“诲淫诲盗”之糟粕，而抉择去取，转成读说部书之第一要务。以此之故，我社特于说部诸书择其精者，辑之而为“中国古典小说丛书”，凡百余种。

然说部之书浩如烟海，其精者又何限于区区百十之数？此次出版，难免遗珠之憾。然能俾读者因之而省择取之劳，进而得窥说部精要，示人以津梁，则尚不违出版“中国古典小说丛书”之初心。

说部之书，多出自书坊，脱误错乱，在所难免，故于“取其精华，去其糟粕”外，尚需广施校雠，始得成其为可读之书。以此之故，我社多方搜罗以定底本，精排其版以美其观，躬自校雠以正讹误，然后付诸枣梨，装订成书，以飨读者。

限于编者学力有限，书中疏漏之处，在所难免，尚祈广大方家、读者诸君不吝批评斧正。凡能指出书中一二谬误者，皆为吾师，吾人不胜感激之至。

华文出版社编辑部

2017 年 10 月 26 日

总　目

博物志

［晋］张华　撰

目　录

卷一

余视《山海经》及《禹贡》、《尔雅》、《说文》、地志，虽曰悉备，各有所不载者，作略说。出所不见，粗言远方，陈山川位象，吉凶有征。诸国境界，犬牙相入。春秋之后，并相侵伐。其土地不可具详，其山川地泽，略而言之，正国十二。博物之士，览而鉴焉。

地理略自魏氏目已前夏禹治四方而制之

《河图·括地象》曰：地南北三亿三万五千五百里。地部之位起形高大者有昆仑山，广万里，高万一千里，神物之所生，圣人仙人之所集也。出五色云气，五色流水，其泉南流入中国，名曰河也。其山中应于天，最居中，八十城布绕之，中国东南隅，居其一分，是好城也。

中国之城，左滨海，右通流沙，方而言之，万五千里。东至蓬莱，西至陇右，右跨京北，前及衡岳，尧舜土万里，时七千里。亦无常，随德劣优也。

尧别九州，舜为十二。

秦，前有蓝田之镇，后有胡苑之塞，左崤函，右陇蜀，西通流沙，险阻之国也。

蜀汉之土与秦同域，南跨邛笮，北阻褒斜，西即隈碍，隔以剑阁，穷险极峻，独守之国也。

周在中枢，西阻崤谷，东望荆山，南面少室，北有太岳，三河之分，雷风所起，四险之国也。

魏，前枕黄河，背漳水，瞻王屋，望梁山，有蓝田之宝，浮池之渊。

赵，东临九州，西瞻恒岳，有沃瀑之流，飞壶、井陉之险，至于颍阳、涿鹿之野。

燕，却背沙漠，进临易水，西至君都，东至于辽，长蛇带塞，险陆相乘也。

齐，南有长城、巨防、阳关之险；北有河、济，足以为固；越海而东，通于九夷；西界岱岳、配林之险，坂固之国也。

鲁，前有淮水，后有岱岳、蒙、羽之向，洙、泗之流。大野广土，曲阜尼丘。

宋，北有泗水，南迄睢濄，有孟诸之泽、砀山之塞也。

楚，后背方城，前及衡岳，左则彭蠡，右则九疑，有江汉之流，实险阻之国也。

南越之国，与楚为邻。五岭已前至于南海，负海之邦，交趾之土，谓之南裔。

吴，左洞庭，右彭蠡，后滨长江，南至豫章，水戒险阻之国也。

东越通海，处南北尾闾之间。三江流入南海，通东治，山高海深，险绝之国也。

卫，南跨于河，北得洪水，南过汉上，左通鲁泽，右指黎山。

赞曰：

地理广大，四海八方。遐远别域，略以难详。

侯王设险，守固保疆。远遮川塞，近备城堭。
司察奸非，禁御不良。勿恃危阨，恣其淫荒。
无德则败，有德则昌。安屋犹惧，乃可不亡。
进用忠直，社稷永康。教民以孝，舜化以彰。

地

天地初不足，故女娲氏练五色石以补其阙，断鳌足以立四极。其后共工氏与颛顼争帝，而怒触不周之山，折天柱，绝地维。故天后倾西北，日月星辰就焉；地不满东南，故百川水注焉。

昆仑山北，地转下三千六百里，有八玄幽都，方二十万里。地下有四柱，四柱广十万里。地有三千六百轴，犬牙相举。

泰山一曰天孙，言为天帝孙也。主召人魂魄。东方万物始成，知人生命之长短。

《考灵耀》曰：地有四游，冬至地上北而西三万里，夏至地下南而东三万里，春秋二分其中矣。地常动不止，譬如人在舟而坐，舟行而人不觉。七戎六蛮，九夷八狄，经总而言之，谓之四海。言皆近海，海之言晦昏无所睹也。

地以名山为之辅佐，石为之骨，川为之脉，草木为之毛，土为之肉。三尺以上为粪，三尺以下为地。

山

五岳：华、岱、恒、衡、嵩。

按北太行山而北去，不知山所限极处。亦如东海不知所穷尽也。

石者，金之根甲。石流精以生水，水生木，木含火。

水

汉北广远，中国人鲜有至北海者。汉使骠骑将军霍去病北伐单于，至瀚海而还，有北海明矣。

汉使张骞渡西海，至大秦。西海之滨，有小昆仑，高万仞，方八百里。东海广漫，未闻有渡者。

南海短狭，未及西南夷以穷断。今渡南海至交趾者，不绝也。

《史记·封禅书》云：威宣、燕昭遣人乘舟入海，有蓬莱、方丈、瀛州三神山，神人所集。欲采仙药，盖言先有至之者。其鸟兽皆白，金银为宫阙，悉在渤海中，去人不远。

四渎河出昆仑墟，江出岷山，济出王屋，淮出桐柏。八流亦出名山：渭出鸟鼠，汉出嶓冢，洛出熊耳，泾出少室，汝出燕泉，泗出涪尾，沔出月台，沃出太山。水有五色，有浊有清。汝南有黄水，华山有黑水、泞水。渊或生明珠而岸不枯，山泽通气，以兴雷云，气触石，肤寸而合，不崇朝以雨。

江河水赤，名曰泣血。道路涉骸，于河以处也。

山水总论

五岳视三公，四渎视诸侯，诸侯赏封内名山者，通灵助化，位相亚也。故地动臣叛，名山崩，王道讫，川竭神去，国随已亡。海投九仞之鱼，流水涸，国之大诫也。泽浮舟，川水溢，臣盛君衰，百川沸腾，山冢卒崩，高岸为谷，深谷为陵，小人握命，君子陵迟，白黑不别，大乱之征也。

《援神契》曰：五岳之神圣，四渎之精仁，河者水之伯，上应天汉。太山，天帝孙也，主召人魂。东方万物始成，故知人生命之长短。

五方人民

东方少阳，日月所出，山谷清，其人佼好。

西方少阴，日月所入，其土窈冥，其人高鼻、深目、多毛。

南方太阳，土下水浅，其人大口多傲。

北方太阴，土平广深，其人广面缩颈。

中央四析，风雨交，山谷峻，其人端正。

南越巢居，北朔穴居，避寒暑也。

东南之人食水产，西北之人食陆畜。食水产者，龟蛤螺蚌以为珍味，不觉其腥臊也；食陆畜者，狸兔鼠雀以为珍味，不觉其膻也。

有山者采，有水者渔。山气多男，泽气多女。平衍气仁，高凌气犯，丛林气躄，故择其所居。居在高中之平，下中之高，则产好人。

居无近绝溪，群冢狐虫之所近，此则死气阴匿之处也。

山居之民多瘿肿疾，由于饮泉之不流者。今荆南诸山郡东多此疾瘇。由践土之无卤者，今江外诸山县偏多此病也。

物　产

地性含水土山泉者，引地气也。山有沙者生金，有穀者生玉。名山生神芝，不死之草。上芝为车马，中芝为人形，下芝为六畜。土山多云，铁山多石。五土所宜，黄白宜种禾，黑坟宜麦黍，苍赤宜菽芋，下泉宜稻，得其宜，则利百倍。

和气相感则生朱草。山出象车，泽出神马，陵出黑丹，阜出土怪。江出大贝，海出明珠，仁主寿昌，民延寿命，天下太平。

名山大川，孔穴相内，和气所出，则生石脂、玉膏，食之不死，神龙灵龟行于穴中矣。

神宫在高石沼中，有神人，多麒麟，其芝神草有英泉，饮之，服三百岁乃觉，不死。去琅玡四万五千里。三珠树生赤水之上。

员丘山上有不死树，食之乃寿。有赤泉，饮之不老。多大蛇，为人害，不得居也。

卷二

外　国

夷海内西北有轩辕国，在穷山之际，其不寿者八百岁。渚沃之野，鸾自舞，民食凤卵，饮甘露。

白民国，有乘黄，状如狐，背上有角，乘之寿三千岁。

君子国，人衣冠带剑，使两虎，民衣野丝，好礼让，不争。土千里，多薰华之草。民多疾风气，故人不番息，好让，故为君子国。

三苗国，昔唐尧以天下让于虞，三苗之民非之。帝杀，有苗之民叛，浮入南海，为三苗国。

驩兜国，其民尽似仙人。帝尧司徒。驩兜民常捕海岛中，人面鸟口，去南国万六千里，尽似仙人也。

大人国，其人孕三十六年，生白头，其儿则长大，能乘云而不能走，盖龙类。去会稽四万六千里。

厌光国民，光出口中，形尽似猿猴，黑色。

结胸国，有灭蒙鸟。奇肱民善为拭扛，以杀百禽，能为飞车，从风远行。汤时西风至，吹其车至豫州。汤破其车，不以视民，十年东风至，乃复作车遣返，而其国去玉门关四万里。

羽民国，民有翼，飞不远，多鸾鸟，民食其卵。去九疑四万三千里。

穿胸国，昔禹平天下，会诸侯会稽之野，防风氏后到，杀之。夏德之盛，二龙降庭。禹使范成光御之，行域外。既周而还至南海，经防风，防风之神二臣以涂山之戮，见禹使，怒而射之，迅风雷雨，二龙升去。二臣恐，以刃自贯其心而死。禹哀之，乃拔其刃疗以不死之草，是为穿胸民。

交趾民在穿胸东。

孟舒国民，人首鸟身。其先主为雷氏，训百禽，夏后之世，始食卵。孟舒去之，凤皇随焉。

异　人

《河图玉板》云：龙伯国人长三十丈，生万八千岁而死。大秦国人长十丈，中秦国人长一丈，临洮人长三丈五尺。

禹致群臣于会稽，防风氏后至，戮而杀之，其骨专车。长狄乔如，身横九亩，长五丈四尺，或长十丈。

秦始皇二十六年，有大人十二见于临洮，长五丈，足迹六尺。东海之外，大荒之中，有大人国僬侥氏，长三丈。《诗含神雾》曰：东北极人长九丈。

东方有螗螂，沃焦。防风氏长三丈。短人身九寸。远夷之民雕题、黑齿、穿胸、檐耳、大足、岐首。

子利国，人一手二足，拳反曲。

无启民，居穴食土，无男女。死埋之，其心不朽，百年还化为人。细民，其肝不朽，百年而化为人。皆穴居处，二国同类也。

蒙双民，昔高阳氏有同产而为夫妇，帝放之北野，相抱而死，神鸟以不死草覆之，七年男女皆活，同颈二头、四手，是蒙双民。

有一国亦在海中，纯女无男。又说得一布衣，从海浮出，其身如中国人衣，两袖长二丈。又得一破船，随波出在海岸边，有一人项中复有面，生得，与语不相通，不食而死。其地皆在沃沮东大海中。

南海外有鲛人，水居如鱼，不废织绩，其眼能泣珠。

呕丝之野，有女子方跪，据树而呕丝，北海外也。

江陵有猛人，能化为虎，俗又曰虎化为人，好著紫葛人，足无踵。

日南有野女，群行见丈夫，状皛目，裸袒无衣褠。

异 俗

越之东有骇沐之国，其长子生则解而食之，谓之宜弟。父死则负其母而弃之，言鬼妻不可与同居。

楚之南有炎人之国，其亲戚死，朽之肉而弃之，然后埋其骨，乃为孝也。

秦之西有义渠国，其亲戚死，聚柴积而焚之熏之，即烟上谓之登遐，然后为孝。此上以为政，下以为俗，中国未足为非也。此事见《墨子》。

荆州极西南界至蜀，诸民曰獠子，妇人妊娠七月而产。临水生儿，便置水中。浮则取养之，沈便弃之，然千百多浮。既长，皆拔去上齿牙各一，以为身饰。

毌丘俭遣王颀追高句丽王宫，尽沃沮东界，问其耆老，言国人常乘船捕鱼，遭风吹，数十日，东得一岛，上有人，言语不相晓。其俗常以七夕取童女沈海。

交州夷名曰俚子。俚子弓长数尺，箭长尺余，以燋铜为镝，涂毒药于镝锋，中人即死，不时敛藏，即膨胀沸烂，须臾肌肉燋煎都尽，唯骨耳。其俗誓不以此药法语人。治之，饮妇人月水及粪汁。时有差者。唯射猪犬者，无他，以其食粪故也。燋铜者，故烧器。其长老唯别燋铜声，以物杵之，徐听其声，得燋毒者，便凿取以为箭镝。

景初中，苍梧吏到京，云：“广州西南接交州数郡，桂林、晋兴、宁浦间人有病将死，便有飞虫大如小麦，或云有甲，在舍上。人气绝，来食亡者。虽复扑杀有斗斛，而来者如风雨，前后相寻续，不可断截，肌肉都尽，唯余骨在，便去尽。贫家无相缠者，或殡殓不时，皆受此弊。有物力者，则以衣服布帛五六重裹亡者。此虫恶梓木气，即以板鄣防左右，并以作器，此虫便不敢近也。入交界更无，转近郡亦有，但微少耳。”

异　产

汉武帝时，弱水西国有人乘毛车以渡弱水来献香者，帝谓是常看，非中国之所乏，不礼其使。留久之，帝幸上林苑，西使千乘舆闻，并奏其香。帝取之看，大如鸾卵，三枚，与枣相似。帝不悦，以付外库。后长安中大疫，宫中皆疫病。帝不举乐，西使乞见，请烧所贡香一枚，以辟疫气。帝不得已，听之，宫中病者登日并差。长安中百里咸闻香气，芳积九十余日，香犹不歇。帝乃厚礼发遣饯送。

一说汉制献香不满斤不得受，西使临去，乃发香气如大豆者，拭著宫门，香气闻长安数十里，经数月乃歇。

汉武帝时，西海国有献胶五两者，帝以付外库。余胶半两，西使佩以自随。后从武帝射于甘泉宫，帝弓弦断，从者欲更张弦，西使乃进，乞以所送余香胶续之，座上左右莫不怪。西使乃以口濡胶为水注断弦两头，相连注弦，遂相著。帝乃使力士各引其一头，终不相离。西使曰："可以射。"终日不断，帝大怪，左右称奇，因名曰续弦胶。

《周书》曰：西域献火浣布，昆吾氏献切玉刀。火浣布污则烧之则洁，刀切玉如脂。布，汉世有献者，刀则未闻。

魏文帝黄初三年，武都西都尉王褒献石胆二十斤，四年，献三斤。

临邛火井一所，从广五尺，深二三丈。井在县南百里。昔时人以竹木投以取火，诸葛丞相往视之，后火转盛热，盆盖井上，煮盐得盐。入以家火即灭，讫今不复燃也。酒泉延寿县南山名火泉，火出如炬。

徐公曰：西域使王畅说石流黄出足弥山，去高昌八百里，有石流黄数十丈，从广五六十亩。有取流黄昼视孔中，上状如烟而高数尺。夜视皆如灯光明，高尺余，畅所亲见之也。言时气不和，皆往保此山。

卷三

异 兽

汉武帝时，大苑之北胡人有献一物，大如狗，然声能惊人，鸡犬闻之皆走，名曰猛兽。帝见之，怪其细小。及出苑中，欲使虎狼食之。虎见此兽即低头著地，帝为反观，见虎如此，欲谓下头作势，起搏杀之。而此兽见虎甚喜，舐唇摇尾，径往虎头上立，因搦虎面，虎乃闭目低头，匍匐不敢动，搦鼻下去，下去之后，虎尾下头起，此兽顾之，虎辄闭目。

后魏武帝伐冒顿，经白狼山，逢师子。使人格之，杀伤甚众，王乃自率常从军数百击之，师子哮吼奋起，左右咸惊。王忽见一物从林中出，如狸，起上王车軶，师子将至，此兽便跳起在师子头上，即伏不敢起。于是遂杀之，得师子一。还，来至洛阳，三十里鸡犬皆伏，无鸣吠。

九真有神牛，乃生溪上，黑出时共斗，即海沸，黄或出斗，岸上家牛皆怖，人或遮则霹雳，号曰神牛。

昔日南贡四象，各有雌雄。其一雄死于九真，乃至南海百有余日，其雌涂土著身，不饮食，空草，长史问其所以，闻之辄流涕。

越巂国有牛，稍割取肉，牛不死，经日肉生如故。

大宛国有汗血马，天马种，汉、魏西域时有献者。

文马，赤鬣身白，目若黄金，名吉黄之乘，复蓟之露犬也。能飞食虎豹。

蜀山南高山上，有物如猕猴。长七尺，能人行，健走，名曰猴玃，一名马化，或曰猳玃。伺行道妇女有好者，辄盗之以去，人不得知。行者或每遇其旁，皆以长绳相引，然故不免。此得男子气，自死，故取女不取男也。取去为室家，其年少者终身不得还。十年之后，形皆类之，意亦迷惑，不复思归。有子者辄俱送还其家，产子皆如人，有不食养者，其母辄死，故无敢不养也。及长，与人无异，皆以杨为姓，故今蜀中西界多谓杨率皆猳玃、马化之子孙，时时相有玃爪也。

小山有兽，其形如鼓，一足如蠡。泽有委蛇，状如毂，长如辕，见之者霸。

猩猩若黄狗，人面能言。

异　鸟

崇丘山有鸟，一足，一翼，一目，相得而飞，名曰虻，见则吉良，乘之寿千岁。

比翼鸟，一青一赤，在参嵎山。

有鸟如乌，文首，白喙，赤足，曰精卫。故精卫常取西山之木石，以填东海。

越地深山有鸟，如鸠，青色，名曰冶鸟。穿大树作巢如升器，其户口径数寸，周饰以土垩，赤白相次，状如射侯。伐木见此树，即避之去。或夜冥，人不见鸟，鸟亦知人不见己也，鸣曰“咄咄上去”！明日便宜急上树去；“咄咄下去”！明日便宜急下。若使去但言笑而不已者，可止伐也。若有秽恶及犯其止者，则虎通夕来守，人不知者即害人。此鸟白日见其形，鸟也；夜听其鸣，人也。时观乐便作人悲喜，形长三尺，涧中取石蟹就人火间炙之，不可犯也。越人谓此鸟为越祝之祖。

异　虫

南方有落头虫，其头能飞。其种人常有所祭祀号曰虫落，故因取名焉。其飞因晚便去，以耳为翼，将晓还，复著体，吴时往往得此人也。

江南山溪中水射工虫，甲类也，长一二寸，口中有弩形，气射人影，随所著处发疮，不治则杀人。今鹦螋虫溺人影，亦随所著处生疮。

蝮蛇秋月毒盛，无所蜇螫，啮草木以泄其气，草木即死。人樵采，设为草木所伤刺者亦杀人，毒甚于蝮啮，谓之蛇迹也。

华山有蛇名肥遗，六足四翼，见则天下大旱。

常山之蛇名率然，有两头，触其一头，头至；触其中，则两头俱至。孙武以喻善用兵者。

异 鱼

南海有鳄鱼，状似鼍，斩其头而乾之，去齿而更生，如此者三乃止。

东海有牛体鱼，其形状如牛，剥其皮悬之，潮水至则毛起，潮去则毛伏。

东海鲛錯鱼，生子，子惊，还入母肠，寻复出。

吴王江行食鲙，有余，弃于中流，化为鱼。今鱼中有名吴王鲙余者，长数寸，大者如箸，犹有鲙形。

广陵陈登食脍作病，华佗下之，脍头皆成虫，尾犹是脍。

东海有物，状如凝血，从广数尺，方员，名曰鲊鱼，无头目处所，内无藏，众虾附之，随其东西。人煮食之。

异草木

太原晋阳以北生屏风草。

海上有草焉，名蒒。其实食之如大麦，七月稔熟，名曰自然谷，或曰禹余粮。

尧时有屈佚草，生于庭，佞人入朝，则屈而指之。一名指佞草。

右詹山，帝女化为詹草，其叶郁茂，其萼黄，实如豆，服者媚于人。

止些山，多竹，长千仞，凤食其实。去九疑万八千里。

江南诸山郡中，大树断倒者，经春夏生菌，谓之椹。食之有味，而忽毒杀，人云此物往往自有毒者，或云蛇所著之。枫树生者啖之，令人笑不得止，治之，饮土浆即愈。

卷四

物　性

九窍者胎化，八窍者卵生，龟鳖皆此类，咸卵生影伏。

白鹢雄雌相视则孕。或曰雄鸣上风，则雌孕。

兔舐毫望月而孕，口中吐子，旧有此说，余目所未见也。

大腰无雄，龟鼍类也。无雄，与蛇通气则孕。细腰无雌，蜂类也。取桑蚕则阜螽子咒而成子，《诗》云“螟蛉之子，蜾蠃负之”是也。

蚕三化，先孕而后交。不交者亦产子，子后为簦，皆无眉目，易伤，收采亦薄。

鸟雌雄不可别，翼右掩左，雄；左掩右，雌。二足而翼谓之禽，四足而毛谓之兽。

鹊巢门户背太岁，得非才智也。

鸐雉长尾，雨雪，惜其尾，栖高树杪，不敢下食，往往饿死。时魏景初中天下所说。

鹳，水鸟也。伏卵时，卵冷则不孕，取礜石周绕卵，以时助燥气。

山鸡有美毛，自爱其色毛，终日映水，目眩则溺死。

龟三千岁游于莲叶，巢于卷耳之上。

屠龟，解其肌肉，唯肠连其头，而经日不死，犹能啮物。鸟往食之，则为所得。渔者或以张鸟，遇神蛇复续。

蛴螬以背行，快于足用。

《周官》云："貉不渡汶水，鸜不渡济水。"鲁国无鸜鹆，来巢，记异也。

橘渡江北，化为枳。今之江东，甚有枳橘。

百足一名马蚿，中断成两段，各行而去。

物　理

凡月晕，随灰画之，随所画而阙。

麒麟斗而日蚀，鲸鱼死则彗星出，婴儿号妇乳出，蚕弭丝而商弦绝。

《庄子》曰："地三年种蜀黍，其后七年多蛇。"

积艾草，三年后烧，津液下流成铅锡，已试，有验。

煎麻油，水气尽，无烟，不复沸则还冷，可内手搅之。得水则焰起，散卒而灭。此亦试之有验。

庭州灞水，以金银铁器盛之皆漏，唯瓠叶则不漏。

龙肉以醢渍之，则文章生。

积油满万石，则自然生火。武帝泰始中武库火，积油所致。

物　类

烧铅锡成胡粉，犹类也。烧丹朱成水银，则不类，物同类异用者。

魏文帝所记诸物相似乱真者：武夫怪石似美玉；蛇床乱蘼芜；荠苨乱人参；杜衡乱细辛；雄黄似石流黄；鳊鱼相乱，以有大小相异；敌休乱门冬；百部似门冬；房葵似狼毒；钩吻草与荇华相似；拔揳与萆薢相似，一名狗脊。

药　物

乌头、天雄、附子，一物，春秋冬夏采各异也。

远志，苗曰小草，根曰远志。

芎䓖，苗曰江蓠，根曰芎䓖。

菊有二种，苗花如一，唯味小异，苦者不中食。

野葛食之杀人。家葛种之三年，不收，后旅生亦不可食。

《神仙传》云："松柏脂入地千年化为茯苓，茯苓化为琥珀。"琥珀一名江珠。今泰山出茯苓而无琥珀，益州永昌出琥珀而无茯苓。或云烧蜂巢所作。未详此二说。

地黄蓝首断心分根莱种皆生。女萝寄生兔丝，兔丝寄生木上，松根不著地。堇花朝生夕死。

药 论

《神农经》曰：上药养命，谓五石之练形，六芝之延年也。中药养性，合欢蠲忿，萱草忘忧。下药治病，谓大黄除实，当归止痛。夫命之所以延，性之所以利，痛之所以止，当其药应以痛也。违其药，失其应，即怨天尤人，设鬼神矣。

《神农经》曰：药物有大毒不可入口鼻耳目者，入即杀人。一曰钩吻。

《神农经》曰：药种有五物：一曰狼毒，占斯解之；二曰巴豆，藿汁解之；三曰黎卢，汤解之；四曰天雄，乌头大豆解之；五曰班茅，戎盐解之。毒菜害，小儿乳汁解，先食饮二升。

食 忌

人啖豆三年，则身重行止难。

啖榆则眠，不欲觉。

啖麦稼，令人力健行。

饮真茶，令人少眠。

人常食小豆，令人肥肌粗燥。

食燕麦令人骨节断解。

人食燕肉，不可入水，为蛟龙所吞。

人食冬葵，为狗所啮，疮不差或致死。

马食谷，则足重不能行。

雁食粟，则翼重不能飞。

药　术

胡粉、白石灰等以水和之，涂鬓须不白。涂讫著油，单裹令温暖，候欲燥未燥间洗之。汤则不得著晚，晚则多折，用暖汤洗讫，泽涂之。欲染，当熟洗，鬓须有腻不著药，临染时，亦当拭须燥温之。

陈葵子微火炒，令爆咤，散著熟地，遍蹋之，朝种暮生，远不过经宿耳。

陈葵子秋种，覆盖，令经冬不死，春有子也。

烧马蹄羊角成灰，春夏散著湿地，生罗勒。

蟹漆相合成为《神仙药服食方》云。

戏　术

削木令圆，举以向日，以艾于后成其影，则得火。

取火法，如用珠取火，多有说者，此未试。

《神农本草》云：鸡卵可作琥珀，其法取伏瞅黄白浑杂者煮，及尚软随意刻作物，以苦酒渍数宿，既坚，内著粉中，佳者乃乱真矣。此世所恒用，作无不成者。

烧白石作白灰，既讫，积著地，经日都冷，遇雨及水浇即更燃，烟焰起。

五月五日埋蜻蜓头于西向户下，埋至三日不食则化成青真珠。又云埋于正中门。

蜥蜴或名蝘蜓。以器养之，以朱砂，体尽赤，所食满七斤，治捣万杵，点女人支体，终年不灭。唯房室事则灭，故号守宫。《传》云："东方朔语汉武帝，试之有验。"

取鳖挫令如棋子大，捣赤苋汁和合，厚以茅苞，五六月中作，投池中，经旬脔脔尽成鳖也。

卷五

方　士

魏武帝好养性法，亦解方药，招引四方之术士，如左元放、华佗之徒，无不毕至。

魏王所集方士名：

上党王真、陇西封君达、甘陵甘始、鲁女生、谯国华佗字元化、东郭延年、唐霅、冷寿光、河南卜式、张貂、蓟子训、汝南费长房、鲜奴辜、魏国军吏河南赵圣卿、阳城郄俭字孟节、卢江左慈字元放。

右十六人，魏文帝、东阿王、仲长统所说，皆能断谷不食，分形隐没，出入不由门户。左慈能变形，幻人视听，厌刻鬼魅，皆此类也。《周礼》所谓怪民，《王制》称挟左道者也。

魏时方士，甘陵甘始，庐江有左慈，阳城有郄俭。始能行气导引，慈晓房中之术，善辟谷不食，悉号二百岁人。凡如此之徒，武帝皆集之于魏，不使游散。甘始老而少容，曹子建密问其所行，始言本师姓韩字世雄，尝与师于南海作金，投数万斤于海。又取鲤鱼一双，鲤游行沈浮，有若处渊，其与药者已熟而食。言此药去此逾远万里，已不可行，不能得也。

皇甫隆遇青牛道士姓封名君达，其与养性法，即可仿用。大略云："体欲常少，劳无过虚，食去肥浓，节酸咸，减思虑，损喜怒，除驰逐，慎房室。春夏泄泻，秋冬闭藏。"详别篇。武帝行之有效。

文帝《典论》曰：陈思王曹植《辩道论》云：世有方士，吾王悉招至之：甘陵有甘始，庐江有左慈，阳城有郄俭。始能行气，俭善辟谷，悉号二百岁人。自王与太子及余之兄弟，咸以为调笑，不全信之。然尝试郄俭辟谷百日，犹与寝处，行步起居自若也。夫人不食七日则死，而俭乃能如是。左慈修房中之术，善可以终命，然非有至情，莫能行也。甘始老而少容，自诸术士，咸共归之，王使郄孟节主领诸人。

近魏明帝时，河东有焦生者，裸而不衣，处火不燋，入水不冻。杜恕为太守，亲所呼见，皆有实事。

颍川陈元方、韩元长，时之通才者。所以并信有仙者，其父时所传闻。河南密县有成公，其人出行，不知所至，复来还，语其家云："我得仙。"因与家人辞诀而去，其步渐高，良久乃没而不见。至今密县传其仙去。二君以信有仙，盖由此也。

桓谭《新论》说方士有董仲君，罪系狱，佯死，臭自陷出，既而复生。

黄帝问天老曰："天地所生，岂有食之令人不死者乎？"天老曰："太阳之草，名曰黄精，饵而食之，可以长生。太阴之草，名曰钩吻，不可食，入口立死。人信钩吻之杀人，不信黄精之益寿，不亦惑乎？"

服 食

左元放荒年法：择大豆粗细调匀，必生熟按之，令有光，烟气彻豆心内。先不食一日，以冷水顿服讫。其鱼肉菜果不得复经口，渴即饮水，慎不可暖饮。初小困，十数日后，体力壮健，不复思食。

鲛法服三升为剂，亦当随入先食多少增损之。盛丰欲还者煮葵子及脂苏，服肉羹渐渐饮之，须豆下乃可食。豆未尽而以实物肠塞，则杀人矣。此未试，或可以然。

《孔子家语》曰："食水者乃耐寒而苦浮，食土者无心不息，食木者多而不治，食石者肥泽而不老，食草者善走而愚，食桑者有丝而蛾，食肉者勇而悍，食气者神明而寿，食谷者智慧而夭，不食者不死而神。"《仙传》曰："虽食者，百病妖邪之所钟焉。"

西域有蒲萄酒，积年不败，彼俗云："可十年饮之，醉弥月乃解。"所食逾少，心开逾益，所食逾多，心逾塞，年逾损焉。

辨方士

汉淮南王谋反被诛，亦云得道轻举。

钩弋夫人被杀于云阳，而言尸解柩空。

文帝《典论》云：议郎李覃学郄俭辟谷食茯苓，饮水中不寒，泄痢殆至殒命。军祭酒弘农董芬学甘始鸱视狼顾，呼吸吐纳，为之过差，气闭不通，良久乃苏。寺人严峻就左慈学补导之术，阉竖真无事于斯，而逐声若此。

又云：王仲统云：甘始、左元放、东郭延年，行容成御妇人法，并为丞相所录。间行其术，亦得其验。降就道士刘景受云母九子元方，年三百岁，莫之所在。武帝恒御此药，亦云有验。刘德治淮南王狱，得《枕中鸿宝秘书》，及子向咸而奇之。信黄白之术可成，谓神仙之道可致，卒亦无验，乃以罹罪也。

刘根不觉饥渴。或谓能忍盈虚，王仲都当盛夏之月，十垆火炙之不热；当严冬之时，裸之而不寒。恒山君以为性耐寒暑。恒山以无仙道，好奇者为之，前者已述焉。

司马迁云：无尧以天下让许由事。扬雄亦云：夸大者为之。扬雄又云：无仙道。桓谭亦同。

卷六

人名考

昔彼高阳，是生伯鲧，布土，取帝之息壤，以堙洪水。

殷三仁：微子、箕子、比干。

文王四友：南宫括、散宜生、闳夭、太颠。

仲尼四友：颜渊、子贡、子路、子张。

曹参字敬伯。

蔡伯喈母，袁公妹曜卿姑也。

古之善射者甘蝇，蝇之弟子曰飞卫。

平原管辂善卜筮，解鸟语。

蔡邕有书万卷，汉末年载数车与王粲。粲亡后，相国掾魏讽谋反，粲子与焉。既被诛，邕所与粲书，悉入粲族子业字长绪，即正宗父，正宗即辅嗣兄也。初粲与族兄凯避地荆州依刘表，表有女。表爱粲才，欲以妻之，嫌其形陋周率，乃谓曰：“君才过人而体貌躁，非女婿才。”凯有风貌，乃妻凯，生业，即女所生。

太丘长陈寔，寔子鸿胪卿纪，纪子司空群，群子泰，四世于汉、魏二朝有重名，而其德渐小减，故时人为其语曰：“公惭卿，卿惭长。”

文籍考

圣人制作曰经，贤者著述曰传，郑玄注《毛诗》曰笺，不解此意。或云毛公尝为北海郡守，玄是此郡人，故以为敬。

何休注《公羊传》，云“何氏学”。又不能解者。或答云：休谦词，受学于师，乃宣此义不出于己。此言为允。

太古书今见存有《神农经》《山海经》，或云禹所作。《周易》，蔡邕云：《礼记·月令》周公作。

《谥法》《司马法》，周公所作。

余友下邳陈德龙谓余言曰：《灵光殿赋》，南郡宜城王子山所作。子山尝之泰山，从鲍子真学算，过鲁国而都殿赋之。还归本州，溺死湘水，时年二十余也。

地理考

周自后稷至于文、武，皆都关中，号为宗周。秦为阿房殿，在长安西南二十里。殿东西千步，南北三百步，上可以坐万人，庭中受十万人。二世为赵高所杀于宜春宫，在杜城南三里，葬于旁。

周时德泽盛，蒿大以为宫柱，名曰蒿宫。

姜嫄嗣祠在墉城，长安西南三十里。

盗跖冢在太阳县西。

赵鞅冢在临水县西。

始皇陵在骊山之北，高数十丈，周回六七里。今在阴盘县界。北陵虽高大，不足以销六丈冰，背陵障，使东西流。又此山有土无石，运取大石于渭南诸山，故歌曰："运石甘泉口，渭水为不流。千人唱，万人钩，金陵余石大如坂(土屋)。"其余功力皆如此类。

旧洛阳字作水边各，汉火行也，忌水，故去水而加佳。又魏于行次为土，水得土而流，土得水而柔，故复去佳加水，变雒为洛焉。

洞庭君山，帝之二女居之，曰湘夫人。又《荆州图经》曰："湘君所游，故曰君山。"

《南荆赋》：江陵有台甚大，而唯有一柱，众梁皆拱之。

典礼考

三让：一曰礼让，二曰固让，三曰终让。

汉丞秦，群臣上书皆曰昧死言。王莽盗位慕古，去昧死曰稽首，光武因而不改。

肉刑，明王之制，荀卿每论之。至汉文帝感太仓公女之言而废之。班固著论宜复。迄汉末魏初，陈纪又论宜申古制，孔融云不可。复欲申之，钟繇、王朗不同，遂寝。夏侯玄、李胜、曹羲、丁谧建私议，各有彼此，多云时未可复，故遂寝焉。

上公备物九锡：一、大辂各一，玄牡二驷。二、衮冕之服，赤舄副之。三、轩悬之乐，六佾之舞。四、朱户以居。五、纳陛以登。六、虎贲之士三百人。七、铁钺各一。八、彤弓一，彤矢百，玈弓十，玈矢千。九、秬鬯一，卣珪瓒副之。

乐　考

汉末丧乱无金石之乐，魏武帝至汉中得杜夔旧法，始复设轩悬钟磬，至于今用之，受于夔也。

服饰考

汉末丧乱，绝无玉佩，始复作之。今之玉佩，受于王粲。

古者男子皆丝衣，有故乃素服。又有冠无帻，故虽凶事，皆著冠也。

汉中兴，士人皆冠葛巾。建安中，魏武帝造白帢，于是遂废，唯二学书生犹著也。

器名考

宝剑名：钝钩、湛卢、豪曹、鱼肠、巨阙，五剑皆欧冶子所作。龙泉、太阿、工市，三剑皆楚王者。

风胡子因吴王请干将，欧冶子作。干将阳龙文，莫邪阴漫理，此二剑吴王使干将作。莫邪，干将妻也。

赤刀，周之宝器也。

物名考

古骏马有飞兔、腰衰。

周穆王八骏：赤骥、飞黄、白蚁、华骝、騄耳、騧騟、渠黄、盗骊。

唐公有骕骦。

项羽有骓。

周穆王有犬名耗，毛白。

晋灵公有畜犬，名獒。

韩国有黑犬，名卢。

宋有骏犬，曰鵲。

犬四尺为獒。

张骞使西域还，乃得胡桃种。

徐州人谓尘土为蓬块，吴人谓跋跌。

卷七

异　闻

昔夏禹观河，见长人鱼身出曰：“吾河精。”岂河伯耶？

冯夷，华阴潼乡人也，得仙道，化为河伯，岂道同哉？

仙夷乘龙虎，水神乘鱼龙，其行恍惚，万里如室。

夏桀之时，为长夜宫于深谷之中，男女杂处，十旬不出听政。天乃大风扬沙，一夕填此宫谷。又曰石室瑶台，关龙逢谏，桀言曰：“吾之有民，如天之有日，日亡我则亡。”以为龙逢妖言而杀之。其后复于山谷下作宫在上，耆老相与谏，桀又以为妖言而杀之。

夏桀之时，费昌之河上，见二日：在东者烂烂将起；在西者沉沉将灭，若疾雷之声。昌问于冯夷曰：“何者为殷？何者为夏？”冯夷曰：“西夏东殷。”于是费昌徙，疾归殷。

武王伐纣至盟津，渡河，大风波。武王操戈秉麾麾之，风波立霁。

鲁阳公与韩战酣而日暮，援戈麾之，日反三舍。

太公为灌坛令。武王梦妇人当道夜哭，问之，曰：“吾是东海神女，嫁于西海神童。今灌坛令当道，废我行。我行必有大风雨，而太公有德，吾不敢以暴风雨过，是毁君德。”武王明日召太公，三日三夜，果有疾风暴雨从太公邑外过。

晋文公出，大蛇当道如拱。文公反修德，使吏守蛇。吏梦天使杀蛇曰：“何故当圣君道？”觉而视蛇，则自死也。

齐景公伐宋，过泰山，梦二人怒。公谓太公之神，晏子谓宋祖汤与伊尹也。为言其状，汤皙容多发，伊尹黑而短，即所梦也。景公进军不听，军鼓毁，公怒，散军伐宋。

《徐偃王志》云：徐君宫人娠而生卵，以为不祥，弃之水滨。独孤母有犬名鹄苍，猎于水滨，得所弃卵，衔以东归。独孤母以为异，覆暖之，遂焞成儿，生时正偃，故以为名。徐君宫中闻之，乃更录取。长而仁智，袭君徐国，后鹄苍临死生角而九尾，实黄龙也。偃王又葬之徐界中，今见云狗袭。偃王既主其国，仁义著闻。欲舟行上国，乃通沟陈、蔡之间，得朱弓矢，以己得知瑞，遂因名为号，自称徐偃王。江淮诸侯皆伏从，伏从者三十六国。周王闻，遣使乘驷，一日至楚，使伐之，偃王仁，不忍闻言，其民为楚所败，逃走彭城武原县东山下。百姓随之者以万数，后遂名其山为徐山。山上立石室，有神灵，民人祈祷。今皆见存。

海水西，夸父与日相逐走，渴，饮水河渭，不足。北饮大泽，未至，渴而死。弃其策杖，化为邓林。

澹台子羽渡河，赍千金之璧于河，河伯欲之，至阳侯波起，两鲛挟船，子羽左掺璧，右操剑，击鲛皆死。既渡，三投璧于河伯，河伯跃而归之，子羽毁而去。

荆轲字次非，渡，鲛夹船，次非不走，断其头，而风波静除。

东阿王勇士有菑丘䜣，过神渊，使饮马，马沉，䜣朝服拔剑，二日一夜，杀二蛟一龙而出，雷随击之，七日七夜，眇其左目。

汉滕公薨，求葬东都门外。公卿送丧，驷马不行，跼地悲鸣，跑蹄下地得石，有铭曰："佳城郁郁，三千年见白日，吁嗟滕公居此室。"遂葬焉。

卫灵公葬，得石椁，铭曰："不逢箕子，灵公夺我里。"

汉西都时，南宫寝殿内有醇儒王史威长死，葬铭曰："明明哲士，知存知亡。崇陇原亹，非宁非康。不封不树，作灵乘光。厥铭何依，王史威长。"

元始元年，中谒者沛郡史岑上书，讼王宏夺董贤玺绶之功。灵帝和光元年，辽西太守黄翻上言：海边有流尸，露冠绛衣，体貌完全，使翻感梦云："我伯夷之弟，孤竹君也。海水坏吾棺椁，求见掩藏。"民有襁褓视，皆无疾而卒。

汉末关中大乱，有发前汉时冢者，宫人犹活。既出，平复如旧。魏郭后爱念之，录著宫内，常置左右，问汉时宫中事，说之了了，皆有次序。后崩，哭泣过礼，遂死焉。

汉末发范明友冢，奴犹活。明友，霍光女婿。说光家事废立之际，多与《汉书》相似。此奴常游走于民间，无止住处，今不知所在。或云尚在，余闻之于人，可信而目不可见也。

大司马曹休所统中郎谢璋部曲义兵奚侬息女，年四岁，病没故，埋葬五日复生。太和三年，诏令休使父母同时送女来视。其年四月三日病死，四日埋葬，至八日同墟入采桑，闻儿生活。今能饮食如常。

京兆都张潜客居辽东，还后为驸马都尉、关内侯，表言故为诸生。太学时，闻故太尉常山张颢为梁相，天新雨后，有鸟如山鹊，飞翔近地，市人掷之，稍下堕，民争取之，即为一员石。言县府，颢令捶破之，得一金印，文曰"忠孝侯印"。颢表上之，藏于官库。后议郎汝南樊行夷校书东观，表上言尧舜之时，旧有此官，今天降印，宜可复置。

孝武建元四年，天雨粟。孝元竟宁元年，南阳阳郡雨谷，小者如黍粟而青黑，味苦；大者如大豆赤黄，味如麦。下三日生根叶，状如大豆初生时也。

代城始筑，立板幹，一旦亡，西南四五十板于泽中自立，结草为外门，因就营筑焉。故其城直周三十七里，为九门，故城处为东城。

卷八

史　补

黄帝登仙，其臣左彻者削木象黄帝，帅诸侯以朝之。七年不还，左彻乃立颛顼。左彻亦仙去也。

尧之二女，舜之二妃，曰湘夫人。舜崩，二妃啼，以涕挥竹，竹尽斑。

处士东鬼块责禹乱天下事，禹退作三城。强者攻，弱者守，敌战，城郭盖禹始也。

大姒梦见商之庭产棘，乃小子发取周庭梓树，树之于阙间，梓化为松柏棫柞。觉惊以告文王，文王曰：慎勿言。冬日之阳，夏日之阴，不召而万物自来。天道尚左，日月西移；地道尚右，水潦东流。天不享于殷，自发之夫生于今十年，禹羊在牧，水潦东流，天下飞蝗满野，日之出地无移照乎？

武王伐殷，舍于幾，逢大雨焉。衰輿三百乘，甲三千，一日一夜，行三百里以战于牧野。

成王冠，周公使祝雍曰："辞达而勿多也。"祝雍曰："近于民，远于佞，近于义，啬于时，惠于财，任贤使能，陛下摛显先帝光耀，以奉皇天之嘉禄钦顺，仲壹之言曰：'遵并大道，郊域康阜，万国之休灵，始明元服，推远童稚之幼志，弘积文武之就德，肃慜高祖之清庙，六合之内，靡不蒙德，岁岁与天无极。"右孝昭周成王冠辞。

《止雨祝》曰：天生五谷，以养人民，今天雨不止，用伤五谷，如何如何！灵而不幸，杀牲以赛神灵，雨则不止，鸣鼓攻之，朱丝绳萦而胁之。

《请雨》曰：皇皇上天，照临下土。集地之灵，神降甘雨。庶物群生，咸得其所。

《礼记》曰：孔子少孤，不知其父墓。母亡，问于邹曼父之母，乃合葬于防。防墓又崩，门人后至。孔子问来何迟，门人实对，孔子不应，如是者三，乃潸然流涕而止曰："古不修墓。"蒋济、何晏、夏侯玄、王肃皆云无此事，注记者谬，时贤咸从之。

孔子东游，见二小儿辩斗。问其故，一小儿曰："我以日始出时，去人近，而日中时远也。"一小儿曰："以日出时远，而日中时近。"一小儿曰："日初出时大如车盖，及日中时如盘盂，此不为远者小而大者近乎？"一小儿曰："日初出沧沧凉凉，及其中而探汤，此不为近者热而远者凉乎？"孔子不能决，两小儿曰："孰谓汝多知乎！"亦出《列子》。

子路与子贡过郑神社，社树有鸟，神牵率子路，子贡说之，乃止。

《春秋》哀公十四年：春，西狩获麟。《公羊传》曰："有以告者，孔子曰：'孰为来哉！孰为来哉！"

《左传》曰："叔孙氏之车子钼商获麟，以为不祥。"

燕太子丹质于秦，秦王遇之无礼，不得意，思欲归。请于秦王，王不听，谬言曰："令乌头白，马生角，乃可。"丹仰而叹，乌即头白；俯而嗟，马生角。秦王不得已而遣之，为机发之桥，欲陷丹。丹驱驰过之，而桥不发。遁到关，关门不开，丹为鸡鸣，于是众鸡悉鸣，遂归。

詹何以独茧丝为纶，芒针为钩，荆筱为竿，割粒为饵，引盈车之鱼于百仞之渊，汩流之中，纶不绝，钩不申，竿不挠。

薛谭学讴于秦青，未穷青之旨，于一日遂辞归。秦青乃饯于郊衢，抚节悲歌，声震林木，响遏行云。薛谭乃谢求返，终身不敢言归。秦青顾谓其友曰："昔韩娥东之齐，遗粮，过雍门，鬻歌假食而去，余响绕梁，三日不绝，左右以其神弗去。过逆旅，凡人辱之，韩娥因曼声哀哭，一里老幼喜欢抃舞，弗能自禁，乃厚赂而遣之。故雍门人至今善歌哭，效娥之遗声也。"

赵襄子率徒十万狩于中山，藉艿燔林，焯赫百里。有人从石壁中出，随烟上下，若无所之经涉者。襄子以为物，徐察之，乃人也。问其奚道而处石，奚道而入火，其人曰："奚物为火？"襄子曰："不知也。"魏文侯闻之，问于子夏曰："彼何人哉？"子夏曰："以商所闻于夫子，和者同于物，物无得而伤，阂者游金石之间及蹈于水火皆可也。"文侯曰："吾子奚不为之？"子夏曰："刳心知去，商未能也。虽试语之，而即暇矣。"文侯曰："夫子奚不为之？"子夏曰："夫子能而不为。"文侯不悦。

更羸谓魏王曰："臣能射，为虚发而下鸟。"王曰："然可试于此乎？"曰："可。"间有鸟从东方来，羸虚发而下之也。

澹台子羽子溺水死，欲葬之，灭明曰："此命也，与蝼蚁何亲？与鱼鳖何仇？"遂不使葬。

《列传》云：聂政刺韩相，白虹为之贯日；要离刺庆忌，彗星袭月；专诸刺吴王僚，鹰击殿上。

齐桓公出，因与管仲故道，自燉煌西涉流沙往外国，沙石千余里，中无水，时则有沃流处，人莫能知，皆乘骆驼，骆驼知水脉，过其处辄停不肯行，以足蹋地，人于其蹋处掘之，辄得水。

楚熊渠子夜行，射寝石以为伏虎，矢为没羽。

汉武帝好仙道，祭祀名山大泽以求神仙之道。时西王母遣使乘白鹿告帝当来，乃供帐九华殿以待之。七月七日夜漏七刻，王母乘紫云车而至于殿西，南面东向，头上戴玉胜，青气郁郁如云。有三青鸟，如乌大，使侍母旁。时设九微灯。帝东面西向，王母索七桃，大如弹丸，以五枚与帝，母食二枚。帝食桃辄以核著膝前，母曰："取此核将何为？"帝曰："此桃甘美，欲种之。"母笑曰："此桃三千年一生实。"唯帝与母对坐，其从者皆不得进。时东方朔窃从殿南厢朱鸟牖中窥母，母顾之，谓帝曰："此窥牖小儿，尝三来盗吾此桃。"帝乃大怪之。由此世人谓方朔神仙也。

君山有道，与吴包山潜通，上有美酒数斗，得饮者不死。汉武帝斋七日，遣男女数十人至君山，得酒，欲饮之，东方朔曰："臣识此酒，请视之。"因一饮致尽。帝欲杀之，朔乃曰："杀朔若死，此为不验。以其有验，杀亦不死。"乃赦之。

卷九

杂说上

老子云："万民皆付西王母，唯王、圣人、真人、仙人、道人之命上属九天君耳。"

黄帝治天下百年而死。民畏其神百年，以其数百年，故曰黄帝三百年。上古男三十而妻，女二十而嫁。曾子曰："弟子不学古知之矣，贫者不胜其忧，富者不胜其乐。"

昔西夏仁而去兵，城廓不修，武士无位，唐伐之，西夏亡。昔者玄都贤鬼神道，废人事天，其谋臣不用，龟筴是从，忠臣无禄，神巫用国。

榆炯氏之君孤而无徒，曲沃进伐之以亡。

昔有巢氏有臣而贵任之，专国主断，已而夺之。臣怒而生变，有巢以亡。昔者清阳强力，贵美女，不治国而亡。

昔有洛氏，宫室无常，囿池广大，人民困匮，商伐之，有洛以亡。

《神仙传》曰："说上据辰尾为宿，岁星降为东方朔。傅说死后有此宿，东方生无岁星。"

曾子曰："好我者知吾美矣，恶我者知吾恶矣。"

思士不妻而感，思女不夫而孕。后稷生乎巨迹，伊尹生乎空桑。

箕子居朝鲜，其后伐燕，复之朝鲜，亡入海为鲜国。师两妻墨色，珥两青蛇，盖勾芒也。

汉兴多瑞应，至武帝之世特甚，麟凤数见。王莽时，郡国多称瑞应，岁岁相寻，皆由顺时之欲，承旨求媚，多无实应，乃使人猜疑。

子胥伐楚，燔其府库，破其九龙之钟。

蓍一千岁而三百茎，其本以老，故知吉凶。蓍末大于本为上吉，筮必沐浴斋洁食香，每日望浴蓍，必五浴之。浴龟亦然。明夷曰："昔夏后筮乘飞龙而登于天。而牧占四华陶，陶曰：'吉。昔夏启筮徙九鼎，启果徒之。'"

昔舜筮登天为神，牧占有黄龙神曰："不吉。"武王伐殷而牧占蓍老，蓍老曰："吉。"桀筮伐唐，而牧占荧惑曰："不吉。"昔鲧筮注洪水，而牧占大明曰："不吉，有初无后。"

蓍末大于本为卜吉，次蒿，次荆，皆如是。龟蓍皆月望浴之。

水石之怪为龙罔象，木之怪为夔罔两，土之怪为獖羊，火之怪为宋无忌。

斗战死亡之处，其人马血积年化为燐。燐著地及草木如露，略不可见。行人或有触者，著人体便有光，拂拭便分散无数，愈甚有细咤声如炒豆，唯静住良久乃灭。后其人忽忽如失魂，经日乃差。今人梳头脱著衣时，有随梳解结有光者，亦有咤声。

风山之首方高三百里，风穴如电突深三十里，春风自此而出也。何以知还风也？假令东风，云反从西来，诜诜而疾，此不旋踵，立西风矣。所以然者，诸风皆从上而下，或薄于云，云行疾，下虽有微风，不能胜上，上风来则反矣。

《春秋》书鼷鼠食郊牛，牛死。鼠之类最小者，食物当时不觉痛。世传云：亦食人项肥厚皮处，亦不觉。或名甘鼠。俗人讳此所啮，衰病之征。

鼠食巴豆三年，重三十斤。

卷十

杂说下

妇人妊娠未满三月，著婿衣冠，平旦左绕井三匝，映祥影而去，勿反顾，勿令人知见，必生男。

妇人妊娠，不欲令见丑恶物、异类鸟兽。食当避其异常味，不欲令见熊罴虎豹。御及鸟射射雉，食牛心、白犬肉、鲤鱼头。席不正不坐，割不正不食，听诵诗书讽咏之音，不听淫声，不视邪色。以此产子，必贤明端正寿考。所谓父母胎教之法。故古者妇人妊娠，必慎所感，感于善则善，恶则恶矣。妊娠者不可啖兔肉。又不可见兔，令儿唇缺。又不可啖生姜，令儿多指。

《异说》云：瞽叟夫妇凶顽而生舜。叔梁纥，淫夫也，徵在，失行也，加又野合而生仲尼焉。其在有胎教也？

豫章郡衣冠人有数妇，暴面于道，寻道争分铢以给其夫舆马衣资。及举孝廉，更取富者，一切皆给先者，虽有数年之勤，妇子满堂室，犹放黜以避后人。

诸远方山郡幽僻处出蜜蜡，人往往以桶聚蜂，每年一取。

远方诸山蜜蜡处，以木为器，中开小孔，以蜜蜡涂器，内外令遍。春月蜂将生育时，捕取三两头著器中，蜂飞去，寻将伴来，经日渐益，遂持器归。

人藉带眠者，则梦蛇。

鸟衔人之发，梦飞。

王尔、张衡、马均昔冒重雾行，一人无恙，一人病，一人死。问其故，无恙人曰："我饮酒，病者食，死者空腹。"

人以冷水自渍至膝，可顿啖，数十枚瓜。渍至腰，啖转多。至颈可啖百余枚。所渍水皆作瓜气味。此事未试。人中酒醉不解，治之，以汤自渍即愈，汤亦作酒气味也。

昔刘玄石于中山酒家酤酒，酒家与千日酒，忘言其节度。归至家当醉，而家人不知，以为死也，权葬之。酒家计千日满，乃忆玄石前来酤酒，醉向醒耳。往视之，云玄石亡来三年，已葬。于是开棺，醉始醒，俗云："玄石饮酒，一醉千日。"

旧说云天河与海通。近世有人居海渚者，年年八月有浮槎去来，不失期，人有奇志，立飞阁于查上，多赍粮，乘槎而去。十余日中，犹观星月日辰，自后茫茫忽忽，亦不觉昼夜。去十余日，奄至一处，有城郭状，屋舍甚严。遥望宫中多织妇，见一丈夫牵牛渚次饮之。牵牛人乃惊问曰："何由至此？"此人具说来意，并问此是何处，答曰："君还至蜀郡访严君平则知之。"竟不上岸，因还如期。后至蜀，问君平，曰："某年月日有客星犯牵牛宿。"计年月，正是此人到天河时也。

人有山行堕深涧者，无出路，饥饿欲死。左右见龟蛇甚多，朝暮引颈向东方，人因伏地学之，遂不饥，体殊轻便，能登岩岸。经数年后，竦身举臂，遂超出涧上，即得还家。颜色悦怿，颇更黠慧胜故。还食谷，啖滋味，百余日中复本质。

天门郡有幽山峻谷，而其上人有从下经过者，忽然踊出林表，状如飞仙，遂绝迹。年中如此甚数，遂名此处为仙谷。有乐道好事者，入此谷中洗沐，以求飞仙，往往得去。有长生意思人，疑必以妖怪。乃以大石自坠，牵一犬入谷中，犬复飞去。其人还告乡里，募数十人执杖揭山草伐木，至山顶观之，遥见一物长数十丈，其高隐人，耳如簸箕。格射刺杀之。所吞人骨积此左右，已成封。蟒开口广丈余，前后失人，皆此蟒气所噏上。于是此地遂安稳无患。

穆天子传

佚名　撰

目　录

卷一

古　文

饮天子蠲。山之上，戊寅，天子北征，乃绝漳水。庚辰，至于□，觞天子于盘石之上，天子乃奏广乐。载立不舍，至于钘山之下。癸未，雨雪，天子猎于钘山之西阿。于是得绝钘山之队，北循虖沱之阳。

乙酉，天子北升于□。天子北征于犬戎。犬戎□胡觞天子于当水之阳，天子乃乐，□赐七萃之士战。庚寅，北风雨雪。天子以寒之故，命王属休。甲午，天子西征，乃绝隃之关隥。己亥，至于焉居、禺知之平。

辛丑，天子西征，至于鄘人。河宗之子孙鄘柏絮，且逆天子于智之□。先豹皮十，良马二六，天子使井利受之。癸酉，天子舍于漆泽。乃西钓于河，以观□智之□。甲辰，天子猎于滲泽。于是得白狐玄狢焉，以祭于河宗。丙午，天子饮于河水之阿。天子属六师之人于鄘邦之南，滲泽之上。

戊申，天子西征，鹜行至于阳纡之山。河伯无夷之所都居，是惟河宗氏。河宗伯夭逆天子燕然之山。劳用束帛加璧，先白□，天子使祭父受之。癸丑，天子大朝于燕□之山，河水之阿。乃命井利、梁固聿将六师。天子命吉日戊午，天子大服：冕祎帔带，搢曶，夹佩，奉璧，南面立于寒下，曾祝佐之，官人陈牲全五□具。

天子授河宗璧，河宗伯夭受璧，西向沉璧于河，再拜稽首。祝沉牛马豕羊。河宗□命于皇天子，河伯号之："帝曰：穆满，女当永致用时事。"南向再拜。河宗又号之："帝曰：穆满，示女春山之珤，诏女昆仑□舍四平泉七十。乃至于昆仑之丘，以观春山之珤。赐语晦。"天子受命，南向再拜。

己未，天子大朝于黄之山。乃披图视典，周观天子之珤器。曰："天子之珤，玉果、璿珠、烛银、黄金之膏。天子之珤万金，□珤百金，士之珤五十金，庶人之珤十金。天子之弓射人步剑、牛马、犀□器千金。天子之马走千里，胜人猛兽。天子之狗走百里，执虎豹。"伯夭曰："征鸟使翼，曰□乌鸢，鹳鸡飞八百里。名兽使足：□走千里，狻猊□野马走五百里，邛邛距虚走百里，麋□二十里。"

曰伯夭皆致河典，乃乘渠黄之乘，为天子先，以极西土。乙丑，天子西济于河。□爰有温谷乐都，河宗氏之所游居。丙寅，天子属官效器。乃命正公郊父受敕宪，用伸□八骏之乘。以饮于枝涛之中，积石之南河。

天子之骏：赤骥，盗骊，白义，逾轮，山子，渠黄，华骝，绿耳，狗：重工、彻止、藿猳、□黄、南□、来白。天子之御：造父，三百，耿翛，芍及。曰天子是与出□入薮，田猎钓弋，天子曰："於乎！予一人不盈于德，而辨于乐，后世亦追数吾过乎！"七萃之士□天子曰："后世所望，无失天常。农工既得，男女衣食。百姓珤富，官人执事。故天有时，民□氏响□。何谋于乐？何意之忘？与民共利，世以为常也。"天子嘉之，赐以左佩华也。乃再拜顿首。

卷二

古 文

□伯夭曰□封膜昼于河水之阳，以为殷人主。丁巳，天子西南升□之所主居。爰有大木硕草，爰有野兽，可以畋猎。戊午，□□之人居虑，献酒百□于天子，天子已饮而行，遂宿于昆仑之阿、赤水之阳。爰有鹯鸟之山，天子三日舍于鹯鸟之山。□吉日辛酉，天子升于昆仑之丘，以观黄帝之宫。而丰□隆之葬，以诏后世。癸亥，天子具蠲齐牲全，以禋□昆仑之丘。

甲子，天子北征，舍于珠泽，以钓于流水，曰珠泽之薮，方三十里。爰有萑苇、莞蒲、茅萯、蒹、蔞。乃献白玉□只，□角之一□三可以□沐。乃进食□酒十□姑劓九□亣味中糜胃而滑。因献食马三百、牛羊三千。天子□昆仑，以守黄帝之宫，南司赤水，而北守春山之宝。天子乃□之人□吾黄金之环三五、朱带贝饰三十、工布之四。□吾乃膜拜而受。天子又与之黄牛二六，以三十□人于昆仑丘。

季夏丁卯，天子北升于春山之上，以望四野。曰："春山，是唯天下之高山也。”孳木□华畏雪，天子于是取孳木华之实，待归种之。曰：“春山之泽，清水出泉，温和无风，飞鸟百兽之所饮食，先王所谓县圃。”天子于是得玉策枝斯之英，曰：“春山，百兽之所聚也，飞鸟之所栖也。”爰有□兽，食虎豹，如麋而载骨盘□始如麢，小头大鼻。爰有赤豹白虎、熊罴豺狼、野马野牛、山羊野豕。爰有白鸟青雕，执犬羊，食豕鹿。曰天子五日观于春山之上，乃为铭迹于县圃之上，以诏后世。

壬申，天子西征。甲戌，至于赤乌。赤乌之人其献酒千斛于天子，食马九百，羊牛三千，穄麦百载。天子使祭父受之。曰：“赤乌氏先出自周宗，大王亶父之始作西土，封其兄子吴太伯于东吴，诏以金刃之刑，贿用周室之璧。封丌璧臣长季绰于春山之虱，妻以元女，诏以玉石之刑，以为周室主。”天子乃赐赤乌之人□其墨乘四、黄金四十镒、贝带五十、朱三百裹。丌乃膜拜而受。曰：“□山，是唯天下之良山也。宝玉之所在，嘉谷生之，草木硕美。”天子于是取嘉禾以归，树于中国。曰天子五日休于□山之下，乃奏广乐。赤乌之人丌好献女于天子，女听、女列为嬖人。曰：“赤乌氏。美人之地也，宝玉之所在也。”

己卯，天子北征，赵行□舍。庚辰，济于洋水。辛巳，入于曹奴。曹奴之人戏觞天子于洋水之上，乃献食马九百、牛羊七千、穄米百车。天子使逢固受之。天子乃赐曹奴之人戏□黄金之鹿、白银之麕、贝带四十、朱四百裹。戏乃膜拜而受。壬午，天子北征，东还。甲申，至于黑水，西膜之所谓鸿鹭。于是降雨七日，天子留骨六师之属。天子乃封长肱于黑水之西河，是惟鸿鹭之上，以为周室主，是曰留骨之邦。

辛卯，天子北征，东还，乃循黑水。癸巳，至于群玉之山，容□氏之所守。曰：“群玉田山□知阿平无险，四彻中绳，先王之所谓策府。寡草木而无鸟兽。”爰有□木，西膜之所谓□。天子于是取玉三乘，玉器服物，于是载玉万只，天子四日休群玉之山，乃命邢侯待攻玉者。

孟秋丁酉，天子北征。□之人潜时觞天子于羽陵之上，乃献良马、牛羊。天子以其邦之攻玉石也，不受其牢。伯夭曰：“□氏，槛□之后也。”天子乃赐之黄金之罂三六、朱三百裹。潜时乃膜而受。戊戌，天子西征。辛丑，至于剞闾氏。天子乃命剞闾氏供食六师之人于铁山之下。壬寅，天子登于铁山，乃彻祭器于剞闾之人。温归乃膜拜而受。天子已祭而行，乃遂西征。丙午，至于䳭韩氏。爰有乐野温和，穄麦之所草犬马牛羊之所昌，宝玉之所□。丁未，天子大朝于平衍之中，乃命六师之属休。己酉，天子大飨正公、诸侯、王吏、七萃之士于平衍之中。䳭韩之人无凫乃献良马百匹、用牛三百、良犬七千、牥牛二百、野马三百、牛羊二千、穄麦三百车。天子乃赐之黄金银罂四七、贝带五十、朱三百裹、变□雕官，无凫上下乃膜拜而受。

庚戌，天子西征，至于玄池。天子三日休于玄池之上，乃奏广乐，三日而终，是曰乐池。天子乃树之竹，是曰竹林。癸丑，天子乃遂西征。丙辰，至于苦山，西膜之所谓茂苑。天子于是休猎，于是食苦。丁巳，天子西征。己未，宿于黄鼠之山。西□乃遂西征。癸亥，至于西王母之邦。

卷三

古　文

吉日甲子，天子宾于西王母。乃执白圭玄璧以见西王母，好献锦组百纯，□组三百纯。西王母再拜受之。□乙丑，天子觞西王母于瑶池之上。西王母为天子谣曰："白云在天，山陵自出。道里悠远，山川间之。将子无死，尚能复来。"天子答之曰："予归东土，和治诸夏。万民平均，吾顾见汝。比及三年，将后而野。"天子遂驱升于弇山，乃纪其迹于弇山之石，而树之槐，眉曰："西王母之山。"西王母还归其□，世民作忧以吟曰："比徂西土，爰居其野。虎豹为群，於鹊与处。嘉命不迁，我惟帝女。天子大命，而不可称。顾世民之恩，流涕芔陨。吹笙鼓簧，中心翔翔。世民之子，唯天之望。"

丁未，天子饮于温山。□考鸟。己酉，天子饮于溽水之上。乃发宪命，诏六师之人□其羽。爰有□薮水泽，爰有陵衍平陆，顾鸟物羽。六师之人毕至于旷原，曰天子三月舍于旷原。□天子大飨正公、诸侯、王勒、七萃之士于羽琌之上，乃奏广乐。□六师之人翔畋于旷原。得获无疆，鸟兽绝群。六师之人大畋九日，乃驻于羽之□。收皮效物，债车受载，天子于是载羽百车。

己亥，天子东归，六师□起。庚子，至于□之山而休，以待六师之人。庚辰，天子东征。癸未，至于戊□之山，智氏之所处。□智□往天子于戊□之山。劳用白骖二匹、野马野牛四十、守犬七十。乃献食马四百、牛羊三千。曰智氏□。天子北游于师子之泽，智氏之夫献酒百□于天子。天子赐之狗璁采、黄金之罂二九、贝带四十、朱丹三百裹、桂姜百□，乃膜拜而受。乙酉，天子南征，东还。己丑，至于献水，乃遂东征。饮而行，乃遂东南。己亥，至于瓜纑之山，三周若城，阏氏胡氏之所保。天子乃遂东征，南绝沙衍。辛丑，天子渴于沙衍，求饮未至。七萃之士高奔戎刺其左骖之颈，取其青血以饮天子。天子美之，乃赐奔戎佩玉一只，奔戎再拜䭬首。天子乃遂南征，甲辰，至于积山之边爰有蔓柏。曰𩵋余之人命怀献酒于天子，天子赐之黄金之罂、贝带、朱丹七十裹。命怀乃膜拜而受。乙巳，□诸飦献酒于天子。天子赐之黄金之罂、贝带、朱丹七十裹，诸飦乃膜拜而受之。

卷四

古　文

庚辰，至于滔水，浊繇氏之所食。辛巳，天子东征。癸未，至于苏谷，骨飦氏之所衣被。乃遂南征东还。丙戌，至于长淤，重䍃氏之西疆。丁亥，天子升于长淤，乃遂东征。庚寅，至于重䍃氏黑水之阿。爰有野麦，爰有答堇，西膜之所谓木禾，重䍃氏之所食。爰有采石之山，重䍃氏之所守。曰枝斯、璿瑰、瑶瑶、琅玕、玲璁玗琪、玗琪、琭尾，凡好石之器于是出。

孟秋癸巳，天子命重䍃氏共食天子之属。五日丁酉，天子升于采石之山，于是取采石焉。天子使重䍃之民铸以成器于黑水之上，器服物佩好无疆。曰天子一月休。秋癸亥，天子觞重䍃之人𪏡𪓐，乃赐之黄金之罂二九、银乌一只、贝带五十、朱七百裹、筍箭、桂姜百峀、丝緫雕官。𪏡𪓐乃膜拜而受。乙丑，天子东征。𪏡𪓐送天子至于长沙之山。□只，天子使柏夭受之。柏夭曰："重䍃氏之先，三苗氏之□处。"以黄木䰍银采□乃膜拜而受。

丙寅，天子东征，南还。己巳，至于文山，西膜之所谓□。觞天子于文山，西膜之人乃献食马三百、牛羊二千、穄米千车。天子使毕矩受之。曰□天子三日游于文山，于是取采石。壬寅，天子饮于文山之下。文山之人归遗乃献良马十驷、用牛三百、守狗九十、牥牛二百以行流沙。天子之豪马豪牛、龙狗、豪羊，以三十祭文山。又赐之黄金之罂二九、贝带三十、朱三百裹、桂姜百峎。归遗乃膜拜而受。癸酉，天子命驾八骏之乘：右服䮕骝而左绿耳，右骖赤蘮而左白俄。天子主车，造父为御，㕡𦨨为右。次车之乘，右服渠黄而左逾轮，右盗骊而左山子。柏夭主车，参百为御，奔戎为右。

天子乃遂东南翔行，驰驱千里，至于巨蒐之人䍃奴，乃献白鹄之血，以饮天子。因具牛羊之湩，以洗天子之足及二乘之人。甲戌，巨蒐之䍃奴觞天子于焚留之山，乃献马三百、牛羊五千、秋麦千车、膜稷三十车，天子使柏夭受之。好献枝斯之石四十、㻞䍃䒤䍃琇佩百只、琅玕四十、䴊㻏十篋，天子使造父受之。□乃赐之银木䎡采、黄金之罂二九、贝带四十、朱三百裹、桂姜百峎。䍃奴乃膜拜而受。乙亥，天子南征阳纡之东尾，乃遂绝䍃䜌之谷。已至于𨟖璃，河之水北阿，爰有𩰚溲之□，河伯之孙，事皇天子之山，有模堇，其叶是食明后。天子嘉之，赐以佩玉一只。柏夭再拜稽首。癸丑，天子东征，柏夭送天子至于鄘人。鄘伯絮觞天子于澡泽之上、䣢多之汭，河水之所南还。曰天子五日休于澡泽之上，以待六师之人。戊午，天子东征。顾命柏夭归于其邦，天子曰："河宗正也。"柏夭再拜稽首。

天子南还，升于长松之隥。孟冬壬戌，至于雷首。犬戎胡觞天子于雷首之阿，乃献食马四六。天子使孔牙受之。曰："雷水之平寒，寡人具犬马羊牛。"爰有黑牛白角，爰有黑羊白血。癸亥，天子南征，升于髭之隥。丙寅，天子至于钘山之队，东升于三道之隥，乃宿于二边。命毛班、逢固先至于周，以待天之命。癸酉，天子命驾八骏之乘、赤骥之驷，造父为御。□南征翔行径绝翟道，升于太行，南济于河。驰驱千里，遂入于宗周。官人进白鹄之血，以饮天子，以洗天子之足。造父乃具羊之血，以饮四马之乘一。

庚辰，天子大朝于宗周之庙。乃里西土之数，曰：自宗周瀍水以西，至于河宗之邦、阳纡之山，三千有四百里。自阳纡西至于西夏氏，二千又五百里。自西夏至于珠余氏及河首，千又五百里。自河首襄山以西南至于舂山、珠泽、昆仑之丘，七百里。自舂山以西，至于赤乌氏、舂山，三百里。东北还至于群玉之山，截舂山以北，自群玉之山以西，至于西王母之邦，三千里。□自西王母之邦，北至于旷原之野，飞鸟之所解其羽，千有九百里。□宗周至于西北大旷原，万四千里。乃还，东南复至于阳纡，七千里。还归于周，三千里。各行兼数，三万有五千里。吉日甲申，天子祭于宗周之庙。乙酉，天子□六师之人于洛水之上。丁亥，天子北济于河，□羝之队。以西北升于盟门九河之隥。乃遂西南。仲冬壬辰，至𡾋山之上，乃奏广乐，三日而终。吉日丁酉，天子入于南郑。

卷五

古　文

宝处。曰天子四日休于濩泽，于是射鸟猎兽。丁丑，天子□雨乃至。祭父自圃郑来谒，留昆归玉百枝，陖翟致赂，良马百驷，归毕之宝，以诘其成。陖子㝵胡□东牡，见许男于洧上。祭父以天子命辞曰："去兹羔，用玉帛见。"许男不敢辞，还取束帛加璧，□毛公举币玉。是日也，天子饮许男于洧上。天子曰："朕非许邦，而恤百姓□也，咎氏宴饮毋有礼。"许男不敢辞，升坐于出尊，乃用宴乐，天子赐许男骏马十六。许男降，再拜空首，乃升平坐。及暮，天子遣许男归。

癸亥，天子乘鸟舟龙卒浮于大沼。夏庚午，天子饮于洧上。乃遣祭父如圃郑，用□诸侯。辛未，天子北还，钓于渐泽，食鱼于桑野。丁丑，天子里圃田之路：东至于房，西至于□丘，南至于桑野，北尽经林、煮□之薮。南北五十□。十虞：东虞曰兔台，西虞曰栎丘，南虞曰□富丘，北虞曰相其。御虞曰□来十虞所。□辰，天子次于军丘，以畋于薮□。甲寅，天子作居范宫，以观桑者，乃饮于桑中。天子命桑虞出□桑者，用禁暴人。

仲夏甲申，天子□所。庚寅，天子西游，乃宿于祭。壬辰，祭公饮天子酒，乃歌《阏天》之诗。天子命歌《南山有㮋》乃绍宴乐。丁酉，天子作台，以为西居。壬寅，天子东至于雀梁。甲辰，浮于荥水，乃奏广乐。季夏庚□，休于范宫。仲秋丁巳，天子射鹿于林中。乃饮于孟氏，爰舞白鹤二八。还宿于雀梁。季秋辛巳，天子司戎于□来，虞人次御。孟冬，鸟至，王㠯□弋，仲冬丁酉，天子射兽，休于深萑。得麇麕豕鹿四百有二十，得二虎九狼，乃祭于先王，命庖人熟之。戊戌，天子西游，射于中□方落草木鲜，命虞人掠林除薮，以为百姓材。是日也，天子北入于邴，与井公博，三日而决。辛丑塞，至于台，乃大暑除。天子居于台，以听天下之。远方□之数而众从之，是以选扐，乃载之神人□之能数也。乃左右望之。天子乐之，命为□而时□焉。□其名曰□公去乘人□犹□。有虎在乎葭中。天子将至，七萃之士高奔戎请生捕虎，必全之。乃生捕虎而献之，天子命之为柙，而畜之东虞，是为虎牢。天子赐奔戎畋马十驷，归之太牢，奔戎再拜稽首。

丙辰，天子北游于林中，乃大受命而归。仲秋甲戌，天子东游，次于雀梁。□蠹书于羽林。季秋□乃宿于房。毕人告戎，曰："陵翟来侵。"天子使孟悆如毕讨戎。霍侯旧告薨。天子临于军丘，狩于薮。季冬甲戌，天子东游，饮于留祈，射于丽虎，读书于藊丘。□献酒于天子，乃奏广乐。天子遗其灵鼓，乃化为黄蛇。是日，天子鼓道其下而鸣，乃树之桐。以为鼓则神且鸣，则利于戎，以为琴则利□于黄泽。东游于黄泽，宿于曲洛。废□，使宫乐谣曰："黄之池，其马歕沙，皇人威仪。黄之泽，其马歕玉，皇人受谷。"

丙辰，天子南游于黄□室之丘，以观夏后启之所居。乃□于启室。天子筮猎苹泽，其卦遇《讼》䷅。逢公占之曰："《讼》之繇：薮泽苍苍，其中□。宜其正公，戎事则从。祭祀则憙，畋猎则获。"□

饮逢公酒，赐之骏马十六、絺纻三十箧。逢公再拜稽首。赐筮史狐□。有阴雨梦神有事，是谓重阴。天子乃休。

日中大寒，北风雨雪，有冻人。天子作诗三章以哀民，曰："我徂黄竹，□员闷寒。帝收九行，嗟我公侯，百辟冢卿。皇我万民，旦夕勿忘。我徂黄竹，□员闷寒。帝收九行嗟我公侯。百辟冢卿，皇我万民，旦夕勿穷。有皎者鴼，翩翩其飞。嗟我公侯，□勿则迁，居乐甚寡，不如迁土。礼乐其民。"天子曰："余一人则淫，不皇万民。□登。"乃宿于黄竹，天子梦羿射于涂山，祭公占之，疏□之□，乃宿于曲山。壬申，天子西升于曲山。

□天子西征，升九阿，南宿于丹黄。戊寅，天子西升于阳□。过于灵□井公博，乃驾鹿以游于山上，为之石主而□寳軨。乃次于泹水之阳。吉日丁亥，天子入于南郑。

卷六

古　文

之虚，皇帝之间，乃□先王九观，以诏后世。己巳，天子□征舍于菹台。辛未，纽菹之兽。于是白鹿一牾椉逸出走，天子乘渠黄之乘□焉。天子丘之，是曰五鹿。官人之□是丘，□其皮是曰□皮，□其脯是曰□脯。天子饮于漯水之上，官人膳鹿献之天子，天子美之，是曰甘。癸酉，天子南祭白鹿于漯□，乃西饮于草中，大奏广乐，是曰乐人。

甲戌，天子西北□，姬姓也，盛柏之子也。天子赐之上姬之长，是曰盛门。天子乃为之台，是曰重璧之台。戊寅，天子东狃于泽中，逢寒疾，天子舍于泽中。盛姬告病，天子怜之，□泽曰寒氏。盛姬求饮，天子命人取浆而给，是曰壶辎。天子西至于重璧之台，盛姬告病，□天子哀之，是曰哀次。天子乃殡盛姬于毂丘之庙。

□壬寅，天子命哭。启为主，祭父宾丧，天子王女叔娃为主。天子□宾之命终丧礼，于是殇祀而哭。内史执策，官人□亓职。曾祝敷筵席，设几，盛馈具肺盐羹、胾脯、枣醢、醢、鱼腊、糗、韭、百物。乃陈腥俎十二、干豆九十、鼎敦壶尊四十器。曾祝祭食，进肺盐、祭酒。乃献丧主伊扈，伊扈拜受。□祭女。又献女主叔娃，叔娃拜受。祭□祝报祭，觞大师。

乃哭即位，毕哭。内史□策而哭，曾祝捧馈而哭，御者□祈而哭，抗者觞夕而哭，佐者承斗而哭，佐者衣衾佩□而哭，乐□人陈琴瑟□竽籥筄箎而哭，百□众官人各□其职事以哭。曰士女错踊九□乃终。丧主伊扈哭出造舍，父兄宗姓及在位者从之，佐者哭。且彻馈及壶鼎俎豆，众宫人各□其职皆哭而出。井利□事后出而收。

癸卯，大哭殇祀而载。甲辰，天子南葬盛姬于乐池之南。天子乃命盛姬□之丧视皇后之葬法，亦不拜后于诸侯。河济之间共事，韦毂黄城三邦之事辇丧，七萃之士抗者即车，曾祝先丧，大匠御棺。日月之旗，七星之文，鼓钟以葬，龙旗以□。鸟以建鼓，兽以建钟，龙以建旗。曰丧之先后及哭踊者之间，毕有钟旗□百物丧器，井利典之。列于丧行，靡有不备。击鼓以行丧，举旗以劝之。击钟以止哭，弥旗以节之。曰□祀大哭九而终丧，出于门。丧主即位，周室父兄子孙倍之。诸侯属子，王吏倍之。外官王属，七萃之士倍之。姬姓子弟倍之，执职之人倍之，百官众人倍之。哭者七倍之。踊者三十行，行萃百人。女主即位，嬖人群女倍之，王臣姬姓之女倍之，宫官人倍之，宫贤庶妾倍之，哭者五倍，踊者次从。曰天子命丧，一里而击钟止哭。曰匠人哭于车上，曾祝哭于丧，七萃之士哭于丧所。曰小哭错踊，三踊而行，五里而次，曰丧三舍至于哀，次五舍，至于重璧之台，乃休。天子乃周姑繇之水以圜丧车，是曰囿车。曰殇祀之。

孟冬辛亥，邢侯、曹侯来吊，内史将之以见天子，天子告不豫而辞焉。邢侯、曹侯乃吊太子，太子哭出庙门以迎邢侯。再拜劳之，侯不答拜。邢侯谒哭于庙。太子先哭而入，西向即位。内史宾侯，北向而立，大哭九。邢侯厝踊三而止。太子送邢侯至庙门之外，邢侯遂出，太子再拜送之。曹侯庙吊入哭，太子送之，亦如邢侯之礼。壬子，天子具官见邢侯、曹侯。天子还返，邢侯、曹侯执见拜天子之武一。天子见之，乃遣邢侯、曹侯归于其邦。王官执礼共于二侯如故。

曰天子出宪，以或襚赗。癸丑，大哭而□。甲寅，殇祀。大哭而行丧，五舍于大次。曰丧三日于大次，殇祀如初。辛酉，大成，百物皆备。壬戌，葬。史录繇鼓钟以赤下棺。七萃之士□士女错踊九□丧下。昧爽，天子使嬖人赠用文锦明衣九领，丧宗伊扈赠用变裳，女主叔㛗赠用茵组，百嬖人官师毕赠，井利乃藏。报哭于大次。祥祠□祝丧罢，哭辞于远人。为盛姬谥曰："哀淑人。"天子名之是曰淑人之丘。乙丑，天子东征，舍于五鹿。叔㛗思哭，是曰女㛗之丘。丁卯，天子东征，钓于漯水，以祭淑人，是曰祭丘。己巳，天子东征，食马于漯水之上。乃鼓之棘，是曰马主。癸酉，天子南征，至于菹台。仲冬甲戌，天子西征，至于因氏。天子乃钓于河，以观姑繇之木，丁丑，天子北征。戊寅，舍于河上，乃致父兄子弟、王臣姬□祥祀毕哭，终丧于嚣氏。己卯，天子西济于河嚣氏之遂。庚辰，舍于茅尺，于是禋祀除丧始乐，素服而归，是曰素氏。

天子遂西南，癸未，至于野王。甲申，天子北升于大北之隥，而降休于两柏之下。天子永念伤心，乃思淑人盛姬，于是流涕。七萃之士葽豫上谏于天子曰："自古有死有生，岂独淑人？天子不乐，出于永思。永思有益，莫忘其新。"天子哀之，乃又流涕。是日辍。己未，乙酉，天子西绝钘隥，乃遂西南，戊子，至于盬。己丑，天子南登于薄山、窴軨之隥，乃宿于虞。庚寅，天子南征。吉日辛卯，天子入于南郑。

燕丹子

佚名 撰

目　　录

卷上

燕太子丹质于秦，秦王遇之无礼，不得意，欲求归。秦王不听，谬言曰令乌白头、马生角，乃可许耳。丹仰天叹，乌即白头，马生角。秦王不得已而遣之，为机发之桥，欲陷丹。丹过之，桥为不发。夜到关，关门未开。丹为鸡鸣，众鸡皆鸣，遂得逃归。深怨于秦，求欲复之。奉养勇士，无所不至。

丹与其傅麴武书，曰："丹不肖，生于僻陋之国，长于不毛之地，未尝得睹君子雅训、达人之道也。然鄙意欲有所陈，幸傅垂览之。丹闻丈夫所耻，耻受辱以生于世也；贞女所羞，羞见劫以亏其节也。故有刎喉不顾、据鼎不避者，斯岂乐死而忘生哉？其心有所守也。今秦王反戾无常，虎狼其行，遇丹无礼，为诸侯最。丹每念之，痛入骨髓。计燕国之众不能敌之，旷年相守，力固不足。欲收天下之勇士，集海内之英雄，破国空藏，以奉养之，重币甘辞以市于秦。秦贪我赂，而信我辞，则一剑之任，可当百万之师。须臾之间，可解丹万世之耻。若其不然，令丹生无面目于天下，死怀恨于九泉。必令诸侯无以为叹，易水之北，未知谁有。此盖亦子大夫之耻也。谨遣书，愿熟思之。"

麴武报书曰："臣闻快于意者亏于行，甘于心者伤于性。今太子欲灭悁悁之耻，除久久之恨，此实臣所当麋躯碎首而不避也。私以为：智者不冀侥幸以要功，明者不苟从志以顺心。事必成然后举，身必安而后行。故发无失举之尤，动无蹉跌之愧也。太子贵匹夫之勇，信一剑之任，而欲望功，臣以为疏。臣愿合从于楚，并势于赵，连衡于韩、魏，然后图秦，秦可破也。且韩、魏与秦，外亲内疏。若有倡兵，楚乃来应，韩、魏必从，其势可见。今臣计从，太子之耻除，愚鄙之累解矣。太子虑之。"

太子得书，不说，召鞠武而问之。武曰："臣以为太子行臣言，则易水之北永无秦忧，四邻诸侯必有求我者矣。"太子曰："此引日缦缦，心不能须也！"鞠武曰："臣为太子计熟矣。夫有秦，疾不如徐，走不如坐。今合楚、赵，并韩、魏，虽引岁月，其事必成。臣以为良。"太子睡卧不听。鞠武曰："臣不能为太子计。臣所知田光，其人深中有谋。愿令见太子。"太子曰："敬诺！"

卷中

田光见太子，太子侧阶而迎，迎而再拜。坐定，太子丹曰："傅不以蛮域而丹不肖，乃使先生来降弊邑。今燕国僻在北陲，比于蛮域，而先生不羞之。丹得侍左右，睹见玉颜，斯乃上世神灵保祐燕国，令先生设降辱焉。"田光曰："结发立身，以至于今，徒慕太子之高行，美太子之令名耳。太子将何以教之？"太子膝行而前，涕泪横流曰："丹尝质于秦，秦遇丹无礼，日夜焦心，思欲复之。论众则秦多，计强则燕弱。欲曰合从，心复不能。常食不识位，寝不安席。纵令燕秦同日而亡，则为死灰复燃，白骨更生。愿先生图之。"田光曰："此国事也，请得思之。"于是舍光上馆。太子三时进食，存问不绝，如是三月。

太子怪其无说，就光辟左右，问曰："先生既垂哀恤，许惠嘉谋。侧身倾听，三月于斯，先生岂有意欤？"田光曰："微太子言，固将竭之。臣闻骐骥之少，力轻千里，及其罢朽，不能取道。太子闻臣时已老矣。欲为太子良谋，则太子不能；欲奋筋力，则臣不能。然窃观太子客，无可用者。夏扶，血勇之人，怒而面赤；宋意，脉勇之人，怒而面青；武阳，骨勇之人，怒而面白。光所知荆轲，神勇之人，怒而色不变。为人博闻强记，体烈骨壮，不拘小节，欲立大功。尝家于卫，脱贤大夫之急十有余人，其余庸庸不可称。太子欲图事，非此人莫可。"太子下席再拜曰："若因先生之灵，得交于荆君，则燕国社稷长为不灭，唯先生成之。”田光遂行。太子自送，执光手曰：“此国事，愿勿泄之！”光笑曰：“诺。”

遂见荆轲，曰：“光不自度不肖，达足下于太子。夫燕太子，真天下之士也，倾心于足下，愿足下勿疑焉。”荆轲曰：“有鄙志，常谓心向意，投身不顾，情有异，一毛不拔。今先生令交于太子，敬诺不违。”田光谓荆轲曰：“盖闻士不为人所疑。太子送光之时，言此国事，愿勿泄，此疑光也。是疑而生于世，光所羞也。”向轲吞舌而死。轲遂之燕。

卷下

荆轲之燕，太子自御，虚左，轲援绥不让。至，坐定，宾客满坐，轲言曰："田光褒扬太子仁爱之风，说太子不世之器，高行厉天，美声盈耳。轲出卫都，望燕路，历险不以为勤，望远不以为遐。今太子礼之以旧故之恩，接之以新人之敬，所以不复让者，士信于知己也。"太子曰："田先生今无恙乎？"轲曰："光临送轲之时，言太子戒以国事，耻以丈夫而不见信，向轲吞舌而死矣。"太子惊愕失色，歔欷饮泪曰："丹所以戒先生，岂疑先生哉！今先生自杀，亦令丹自弃于世矣！"茫然良久，不怡民氏日。

太子置酒请轲，酒酣，太子起为寿。夏扶前曰："闻士无乡曲之誉，则未可与论行；马无服舆之伎，则未可与决良。今荆君远至，将何以教太子？"欲微感之。轲曰："士有超世之行者，不必合于乡曲；马有千里之相者，何必出于服舆。昔吕望当屠钓之时，天下之贱丈夫也，其遇文王，则为周师；骐骥之在盐车，驽之下也，及遇伯乐，则有千里之功。如此在乡曲而后发善，服舆而后别良哉！"夏扶问荆轲："何以教太子？"轲曰："将令燕继召公之迹，追甘棠之化，高欲令四三王，下欲令六五霸。于君何如也？"坐皆称善。竟酒，无能屈。太子甚喜，自以得轲，永无秦忧。

后日，与轲之东宫，临池而观。轲拾瓦投龟，太子令人奉槃金。轲用抵，抵尽复进。轲曰："非为太子爱金也，但臂痛耳。"后复共乘千里马。轲曰："闻千里马肝美。"太子即杀马进肝。暨樊将军得罪于秦，秦求之急，乃来归太子。太子为置酒华阳之台。酒中，太子出美人能琴者。轲曰："好手琴者！"太子即进之。轲曰："但爱其手耳。"太子即断其手，盛以玉槃奉之。太子常与轲同案而食，同床而寝。

后日，轲从容曰："轲侍太子，三年于斯矣，而太子遇轲甚厚，黄金投龟，千里马肝，姬人好手，盛以玉槃。凡庸人当之，犹尚乐出尺寸之长，当犬马之用。今轲常侍君子之侧，闻烈士之节，死有重于太山，有轻于鸿毛者，但问用之所在耳。太子幸教之。"太子敛袂，正色而言曰："丹尝游秦，秦遇丹不道，丹耻与之俱生。今荆君不以丹不肖，降辱小国。今丹以社稷干长者，不知所谓。"轲曰："今天下强国，莫强于秦。今太子力不能威诸侯，诸侯未肯为太子用也。太子率燕国之众而当之，犹使羊将狼，使狼追虎耳。"太子曰："丹之忧计久，不知安出？"轲曰："樊於期得罪于秦，秦求之急。又督亢之地，秦所贪也。今得樊於期首、督亢地图，则事可成也。"太子曰："若事可成，举燕国而献之，丹甘心焉。樊将军以穷归我，而丹卖之，心不忍也。"轲默然不应。

居五月，太子恐轲悔，见轲曰："今秦已破赵国，兵临燕，事已迫急。虽欲足下计，安施之？今欲先遣武阳，何如？"轲怒曰："何太子所遣，往而不返者，竖子也！轲所以未行者，待吾客耳。"于是轲潜见樊於期曰："闻将军得罪于秦，父母妻子皆见焚烧，求将军邑万户、金千斤。轲为将军痛之。今有一言，除将军之辱，解燕国之耻，将军岂有意乎？"於期曰："常念之，日夜饮泪，不知所出。荆君幸教，愿闻命矣！"轲曰："今愿得将军之首，与燕督亢地图进之，秦王必喜。喜必见轲，轲因左手把其袖，右手椹其胸，数以负燕之罪，责以将军之雠。而燕国见陵雪，将军积忿之怒除矣。"於期起，扼腕执刀曰："是於期日夜所欲，而今闻命矣！"于是自刭，头坠背后，两目不瞑。太子闻之，自驾驰往，伏於期尸而哭，悲不自胜。良久，无奈何，遂函盛於期首与燕督亢地图以献秦，武阳为副。

荆轲入秦，不择日而发，太子与知谋者，皆素衣冠送之。于易水之上。荆轲起为寿，歌曰："风萧萧兮易水寒，壮士一去兮不复还。"高渐离击筑，宋意和之。为壮声则发怒冲冠，为哀声则士皆流涕。二人皆升车，终已不顾也。二子行过，夏扶当车前刎颈以送。二子行过阳翟，轲买肉争轻重，屠者辱之，武阳欲击，轲止之。

西入秦，至咸阳，因中庶子蒙白曰："燕太子丹畏大王之威，今奉樊於期首与督亢地图，愿为北蕃臣妾。"秦王喜。百官陪位，陛戟数百，见燕使者。轲奉於期首，武阳奉地图。钟鼓并发，群臣皆呼万岁。武阳大恐，两足不能相过，面如死灰色。秦王怪之。轲顾武阳前，谢曰："北蕃蛮夷之鄙人，未见天子。愿陛下少假借之，使得毕事于前。"秦王曰："轲起，督亢图进之。"秦王发图，图穷而匕首出。轲左手把秦王袖，右手揕其胸，数之曰："足下负燕日久，贪暴海内，不知厌足。於期无罪而夷其族。轲将海内报讐。今燕王母病，与轲促期，从吾计则生，不从则死。"秦王曰："今日之事，从子计耳！乞听琴声而死。"召姬人鼓琴，琴声曰："罗縠单衣，可掣而绝。八尺屏风，可超而越。鹿卢之剑，可负而拔。"轲不解音。秦王从琴声负剑拔之，于是奋袖超屏风而走，轲拔匕首擿之，决秦王，刃入铜柱，火出。秦王还断轲两手。轲因倚柱而笑，箕踞而骂，曰："吾坐轻易，为竖子所欺。燕国之不报，我事之不立哉！"

神异经

[汉] 东方朔 撰

目　　录

东荒经

东荒山中有大石室，东王公居焉。长一丈，头发皓白，人形鸟面而虎尾。载一黑熊，左右顾望，恒与一玉女投壶。每投千二百矫，设有入不出者，天为之噏嘘。矫出而脱误不接者，天为之笑。

东方有人焉，男皆朱衣缟带元冠，女皆采衣，男女便转可爱，恒恭坐而不相犯，相誉而不相毁。见人有患，投死救之。名曰善人。一名敬，一名美，不妄言，啛啛然而笑，仓卒见之如痴。

东方荒外有豫章焉。此树主九州，其高千丈，围百尺，本上三百丈。本如有条枝，敷张如帐。上有玄狐、黑猿，枝主一州，南北并列，面向西南。有九力士操斧伐之，以占九州吉凶。斫之复生，其州有福。创者，州伯有病。积岁不复者，其州灭亡。

东方有桑树焉，高八十丈，敷张自辅。其叶长一丈，广六七尺，其上自有蚕，作茧长三尺。缫一茧，得丝一斤。有椹焉，长三尺五寸，围如长。

东方有树焉，高百丈，敷张自辅。叶长一丈，广六尺，其名曰梨。如今之樝梨，但树大耳。其子径三尺，剖之少瓤。白如素。和羹食之为地仙。衣服不败，辟谷可以入水火。

东方有树，高五十丈，叶长八尺，名曰桃。其子径三尺二寸，和核羹食之，令人益寿。食核中仁，可以治嗽。小桃温润，嗽人食之即止。

东海之外荒海中，有山焦炎而峙，高深莫测，盖禀至阳之为质也。海中激浪投其上，噏然而尽。计其昼夜，噏摄无极，若熬鼎受其洒汁耳。

大荒之东极，至鬼府山、臂沃椒山，脚巨洋海中，升载海日。盖扶桑山有玉鸡，玉鸡鸣则金鸡鸣，金鸡鸣则石鸡鸣，石鸡鸣则天下之鸡悉鸣，潮水应之矣。

东海沧浪之洲，生强木焉，洲人多用作舟楫。其上多以珠玉为戏物，终无所负。其木方一寸，可载百许斤。纵石镇之不能没。

东方荒中，有木名曰栗。其壳径三尺三寸，壳刺长丈余，实径三尺。壳亦黄，其味甜，食之多令人短气而渴。

东方裔外有建山，其上多橘柚。

东南荒经

东南方有人焉，周行天下，身长七丈，腹围如其长。头戴鸡父魌头，朱衣缟带，以赤蛇绕额，尾合于头。不饮不食，朝吞恶鬼三千，暮吞三百。此人以鬼为饭，以露为浆。名曰尺郭，一名食邪。道师云吞邪鬼，一名赤黄父。今世有黄父鬼。

东南荒中有邪木，高三千丈，或十余围，或七八尺。其枝乔直上，不可郙也。叶如甘瓜，二百岁，叶落而生花，花形如甘瓜。花复二百岁，落尽而生萼。萼下生子，三岁而成熟。成熟之后，不长不减。子形如寒瓜，长七八寸，径四五寸，萼复覆生顶。此不取，万世如故。若取子而留萼，萼复生子如初。年月复成熟，后二年，则成萼，而复生子。其子形如甘瓤，少䫉。甘美，食之令人身泽。不可过三升，令人冥醉，半日乃醒。木高，人取不能得，唯木下有多罗之人缘能得之。一名无叶，世人后生不见叶，故谓之无叶也。一名倚骄。

东南隅太荒之中，有朴父焉。夫妇并高千里，腹围自辅。天初立时，使其夫妻导开百川，懒不用意。谪之，并立东南。男露其势，女露其牝。不饮不食，不畏寒暑，唯饮天露。须黄河清，当复使其夫妇导护百川。古者初立，此人开导河，河或深或浅，或隘或塞，故禹更治，使其水不壅。天责其夫妻倚而立之，若黄河清者，则河海绝流，水自清矣。

东南海中有烜洲，洲有温湖，鲋鱼生焉。其长八尺，食之宜暑而辟风寒。

东南有石井，其方百丈。上有二石阙，侠东南面，上有蹲熊。有榜著阙曰地户。

南荒经

南方有犬，人面鸟喙而有翼，手足扶翼而行，食海中鱼。有翼不足以飞，一名鹏兜。《书》曰：放鹏兜于崇山。一名驩兜。为人狠恶，不畏风雨，禽兽犯死乃休耳。

南方有人，长二三尺，袒身而目在顶上。走行如风，名曰䰢。所之国大旱。一名格子。善行，市朝众中，遇之者，投著厕中乃死，旱灾消。《诗》曰：旱魃为虐。或曰生捕得杀之，祸去福来。

南荒外有火山，其中生不尽之木。昼夜火燃，得暴风不猛，猛雨不灭。

南方大荒之中有树焉，名曰柤稼櫃。柤者，柤梨也；稼者，株稼也；櫃，亲昵也。三千岁作华，九千岁作实。其华蕊紫色，其实赤色。其高百丈，或千丈也。敷张自辅，东西南北方枝，各近五十丈，叶长七尺，广五尺，色如绿青，木皮如桂树，理如甘草，味饴。实长九尺，围如其长而无瓤核。以竹刀剖之，如凝蜜。得食复见，实即凝矣。言复见后实熟者，寿一万二千岁。

南方大荒有树焉，名曰如何。三百岁作华，九百岁作实。华色朱，其实正黄。高五十丈，敷张如盖，叶长一丈，广二尺。余似菅苎，色青，厚五分，可以絮，如厚朴。材理如支，九子，味如饴。实有核，形如枣子。长五尺，围如长。金刀剖之则酸，芦刀剖之则辛。食之者地仙。不畏水火，不畏白刃。

南方荒中有涕竹，长数百丈，围三丈六尺，厚八九寸，可以为船。其笋甚美，食之可以止疮疠。

南方有甘蔗之林，其高百丈，围三尺八寸。促节多汁，甜如蜜，咋啮其汁，令人润泽。可以节蚘虫。人腹中蚘虫，其状如蚓，此消谷虫也。多则伤人，少则谷不消。是甘蔗，能灭多益少，凡蔗亦然。

不尽木火中有鼠，重千斤，毛长二尺余，细如丝。但居火中，洞赤，时时出外，而毛白，以水逐而沃之，即死。取其毛绩纺，织以为布，用之若有垢涴，以火烧之则净。

南方蚊翼下有小蜚虫焉。目明者见之，每生九卵，复未尝有毈，复成九子，蜚而复去，蚊遂不知。亦食人及百兽，食者知言虫小，食人不去也。此虫既细且小，因曰细蠛。陈章对齐桓公小虫是也。此虫常春生，以季夏藏于鹿耳中，名婴蜺。

南方有兽，似鹿而豕首，有牙。善依人求五谷，名无损之兽。人割取其肉不病，肉复自复。其肉惟可作鲊，使糬肥美而鲊肉不坏。吞之不入，糬尽更添肉。复作鲊如初，愈美，名曰不尽鲊是也。

南荒之外有火山，长四十里，广五十里。其中皆生不烬之木，火鼠生其中。

南方有银山，长五十里，高百余丈，悉是白银。

西南荒经

西南大荒中有人，长一丈，腹围九尺。践龟蛇，戴朱鸟，左手凭白虎，知河海水斗斛，识山石多少，知天下鸟兽言语。土地上人民所道，知百谷可食，识草木咸苦，名曰圣，一名哲，一名贤，一名无不达。凡人见而拜之，令人神智。此人为天下圣人也，一名先通。

西南方有人焉，身多毛，头上戴豕。贪如狼恶，好自积财，而不食人谷。强者夺老弱者，畏群而击单。名曰饕餮。《春秋》言饕餮者，缙云氏之不才子也。一名贪惏，一名强夺，一名凌弱。此国之人皆如此也。

西南荒中出讹兽，其状若菟，人面能言。常欺人，言东而西，言恶而善。其肉美，食之言不真矣。一名诞。

西荒经

昆仑西有兽焉，其状如犬，长毛四足，似罴而无爪，有目而不见，行不开。有两耳而不闻，有人知往。有腹无五脏，有肠直而不旋，食物径过。人有德行而往牴触之。有凶德则往依凭之。天使其然，名为浑沌。《春秋》云：浑沌，帝鸿氏不才子也。空居无为，常咋其尾，回转仰天而笑。

西方荒中有兽焉，其状如虎而犬毛，长二尺，人面虎足，猪口牙，尾长一丈八尺，搅乱荒中，名梼杌，一名傲狠，一名难训。《春秋》云颛顼氏有不才子名梼杌是也。

有人面目手足皆人形，而胳下有翼，不能飞。为人饕餮，淫逸无理，名曰苗民。《春秋》所谓三苗，《书》云窜三苗于三危。

西荒之中有人焉，长短如人，著百结败衣，手虎爪，名曰獏狁。伺人独行，辄食人脑，或舌出盘地丈余，人先开其声，烧大石以投其舌，乃气绝而死。不然食人脑矣。

西方日宫之外有山焉，其长十余里，广二三里，高百余丈，皆大黄之金，其色殊美，不杂土石，不生草木。上有金人，高五丈余，皆纯金，名曰金犀。入山下一丈有银，又一丈有锡，又入一丈有铅，又入一丈有丹阳铜，似金可锻，以作错涂之器。《淮南子》术曰饵丹阳之为金是也。

西荒中有兽如虎，毫长三尺，人面虎足，口牙一丈八尺。人或食之，兽斗终不退却，唯死而已。荒中人张捕之，复黠逆知，一名倒寿。

西方深山中有人焉，身长尺余，袒身，捕虾蟹。性不畏人，见人止宿，暮依其火以炙虾蟹。伺人不在，而盗人盐以食虾蟹。名曰山臊。其音自叫。人尝以竹著火中，爆烞而出，臊皆惊惮。犯之令人寒热。此虽人形而变化，然亦鬼魅之类，今所在山中皆有之。

西海水上有人，乘白马朱鬣，白衣玄冠，从十二童子，驰马西海水上，如飞如风，名曰河伯使者。或时上岸，马迹所及，水至其处。所之之国，雨水滂沱，暮则还河。

西海之外有鹄国焉，男女皆长七寸。为人自然有礼，好经纶拜跪。其人皆寿三百岁。其行如飞，日行千里。百物不敢犯之，唯畏海鹄，过辄吞之，亦寿三百岁。此人在鹄腹中不死，而鹄一举千里。

西方山中有蛇，头尾差大，有色五彩。人物触之者，中头则尾至，中尾则头至，中腰则头尾并至。名曰率然。

西北荒经

西北有兽焉，状似虎，有翼能飞，便剿食人。知人言语，闻人斗，辄食直者；闻人忠信，辄食其鼻；闻人恶逆不善，辄杀兽往馈之。名曰穷奇，亦食诸禽兽也。

西北荒有人焉，人面朱发，蛇身人手足，而食五谷禽兽。贪恶愚顽，名曰共工。《书》流共工于幽州。幽州，北裔也。而此言西北，方相近也，皆西裔之族耳。

西北荒中有玉馈之酒，酒泉注焉。广一丈，长深三丈，酒美如肉，澄清如镜。上有玉尊玉笾，取一尊，一尊复生焉。与天同休，无干时。石边有脯焉，味如麞鹿脯。饮此酒，人不生死。一名遗酒。其脯名曰追复，食一片复一片。

西北荒中有二金阙，高百丈，金阙银盘，圆五十丈。二阙相去百丈，上有明月珠，径三丈，光照千里。中有金阶，西北入两阙中，名曰天门。

西北荒中，有小人，长一分。其君朱衣玄冠，乘辂车马，引为威仪。居人遇其乘车，抓而食之，其味辛，终年不为物所咋。并识万物名字，又杀腹中三虫，三虫死，便可食仙药也。

西北海外有人，长二千里，两脚中间相去千里，腹围一千六百里。但日饮天酒五斗，不食五谷鱼肉，唯饮天酒。忽有饥时，向天仍饮。好游山海间，不犯百姓，不干万物，与天地同生，名曰无路之人，一名仁，一名信，一名神。

北荒经

北方荒中有枣林，其高五十丈，敷张枝条数里余，疾风不能偃，雷电不能摧。其子长六七寸，围过其长。熟赤如朱，干之不缩，气味润泽，殊于常枣。食之可以安躯，益于气力，故方书称之。赤松子云：北方大枣味有殊，既可益气又安躯。北方荒中有石湖，方千里，岸深五丈余，恒冰，唯夏至左右五六十日解耳。湖有横公鱼，长七八尺，形如鲤而赤。昼在水中，夜化为人。刺之不入，煮之不死。以乌梅二枚煮之则死。食之可止邪病。其湖无凸凹，平满无高下。

北方层冰万里，厚百丈，有磎鼠在冰下土中焉。形如鼠，食草木肉。重千斤，可以作脯，食之已热。其毛八尺，可以为褥，卧之却寒。其皮可以蒙鼓，闻千里。其毛可以来鼠，此毛所在，鼠辄聚焉。

北海有大鸟，其高千尺，头文曰天，胸文曰候。左翼文曰鹥，右翼文曰勒。头向东正海中央捕鱼。或时举翼而飞，其羽相切如风雷也。

东北荒经

东北荒中有木，高四十丈，叶长五尺，广三尺，名曰栗。其实径三尺二寸，其壳赤，其肉黄白，味甜，食之令人短气而渴。

中荒经

昆仑之山有铜柱焉，其高入天，所谓天柱也。围三千里，周圆如削。下有回屋，方百丈，仙人九府治之。上有大鸟，名曰希有。南向。张左翼覆东王公，右翼覆西王母。背上小处无羽，一万九千里。西王母岁登翼上，会东王公也。故其《柱铭》曰：昆仑铜柱，其高入天。员周妃削，肤体美焉。其《鸟铭》曰：有鸟希有，碌赤煌煌。不鸣不食，东覆东王公，西覆西王母。王母欲东，登之自通。阴阳相须，唯会益工。

九府玉童玉女，与天地同休息，男女无为匹配，而仙道自成。男女名曰玉人。

东方有宫，青石为墙，高三仞，左右阙高百尺。画以五色，门有银榜，以青石碧镂，题曰：天地长男之宫。西方有宫，白石为墙，五色玄黄，门有金榜而银镂，题曰天地少女之宫。中央有宫，以金为墙，门有金榜以银镂，题曰：天皇之宫。南方有宫，以赤石为墙，赤铜为门阙，有银榜，曰：天皇中女之宫。北方有宫，以黑石为墙，题曰：天地中男之宫。东南有宫，黄石为墙，黄榜碧镂，题曰：天地少男之宫。西北有宫，黄铜为墙，题曰：地皇之宫。

东方裔外有东明山，以青石为墙。西方裔外有大夏山，以金为墙。南方裔外有冈明山，以赤石为墙。西南裔外老寿山，以黄铜为墙。东南裔外阆清山，以青石为墙。西北裔外西明山，以白石为墙。

皆有宫。东北有鬼星石室，三百户共一门，石榜，题曰：鬼门。西南铜关夹榜，题曰：人往门。东北铜关夹门榜，题曰：人来门。

南方有兽焉，角足大小形状如水牛。皮毛黑如漆，食铁饮水，其粪可为兵器，其利如刚，名曰啮铁。

鬼门昼日不开，至暮即有人语，有青火色。

西南大荒有马，其大二丈，髯至膝，尾委地，蹄如丹踠可握。日行千里，至日中而汗血。乘者当以絮缠头，以辟风病，彼国人不缠。

北方有兽焉，其状如狮子。食人。吹人则病，名曰猛。恒近人村里，入人居室，百姓患苦。天帝徙之北方荒中。

西方深山有兽焉，面目手足毛色如猴。体大如驴，善缘高木。皆雌无雄，名绸。顺人三合而有子，要路强牵男人。将上绝冢之上，取果并窃五谷食，更合三毕而定，十月乃生。

不孝鸟，状如人身，犬毛有齿，猪牙，额上有文，曰不孝；口下有文，曰不慈；背上有文，曰不道；左胁有文，曰爱夫；右胁有文，曰怜妇。故天立此异，畀以显忠孝也。

海内十洲记

[汉]东方朔 撰

祖洲在东海　瀛洲在东海
炎洲在南海　玄洲在北海
长洲在东海　元洲在北海
流洲在南海　生洲在东海
凤麟洲在东海　聚窟洲在西海

汉武帝既闻王母说八方巨海之中，有祖洲、瀛洲、玄洲、炎洲、长洲、元洲、流洲、生洲、凤麟洲、聚窟洲，有此十洲，乃人迹所稀绝处。又始知东方朔非世常人，是以延之曲室，而亲问十洲所在，所有之物名，故书记之。方朔云："臣，学仙者耳，非得道之人。以国家之盛美，将招名儒墨于文教之内，抑绝俗之道于虚诡之迹。臣故韬隐逸而赴王庭，藏养生而侍朱阙矣。亦由尊上好道，且复欲抑绝其威仪也。曾随师主履行，比至朱陵扶桑蜃海冥夜之丘，纯阳之陵，始青之下，月宫之间，内游七丘，中旋十洲。践赤县而遨五岳，行陂泽而息名山。臣自少及今，周流六天，广陟天光，极于是矣。未若凌虚之子，飞真之官，上下九天，洞视百万。北极勾陈而并华盖，南翔太册而栖大夏。东之通阳之霞，西薄寒穴之野。日月所不逮，星汉所不与。其上无复物，其下无复底。臣所识乃及于是，愧不足以酬广访矣。"

祖洲近在东海之中，地方五百里，去西岸七万里。上有不死之草，草形如菰苗，长三四尺，人已死三日者，以草覆之，皆当时活也，服之令人长生。昔秦始皇大苑中，多枉死者横道，有鸟如乌状，衔此草覆死人面，当时起坐而自活也。有司闻奏，始皇遣使者赍草以问北郭鬼谷先生。鬼谷先生云：“此草是东海祖洲上，有不死之草，生琼田中，或名为养神芝。其叶似菰苗，丛生，一株可活一人。”始皇于是慨然言曰：“可采得否？”乃使使者徐福发童男童女五百人，率摄楼船等入海寻祖洲，遂不返。福，道士也，字君房，后亦得道也。

瀛洲在东海中，地方四千里，大抵是对会稽，去西岸七十万里。上生神芝仙草。又有玉石，高且千丈。出泉如酒，味甘，名之为玉醴泉，饮之，数升辄醉，令人长生。洲上多仙家，风俗似吴人，山川如中国也。

玄洲在北海之中，戌亥之地，方七千二百里，去南岸三十六万里。上有太玄都，仙伯真公所治。多丘山，又有风山，声响如雷电。对天西北门上，多太玄仙官宫室，宫室各异，饶金芝玉草。乃是三天君下治之处，甚肃肃也。

炎洲在南海中，地方二千里，去北岸九万里。上有风生兽，似豹，青色，大如狸。张网取之，积薪数车以烧之，薪尽而兽不然，灰中而立，毛亦不焦。斫刺不入，打之如灰囊。以铁锤锻其头，数十下乃死。而张口向风，须臾复活；以石上菖蒲塞其鼻，即死。取其脑和菊花服之，尽十斤，得寿五百年。又有火林山，山中有火光兽，大如鼠，毛长三四寸，或赤，或白，山可三百里许，晦夜即见此山林，乃是此兽光照，状如火光相似。取其兽毛，以缉为布，时人号为火浣布，此是也。国人衣服垢污，以灰汁浣之，终无洁净。唯火烧此衣服，两盘饭间，振摆，其垢自落，洁白如雪。亦多仙家。

长洲一名青丘，在南海辰巳之地。地方各五千里，去岸二十五万里。上饶山川及多大树，树乃有二千围者。一洲之上，专是林木，故一名青丘。又有仙草灵药，甘液玉英，靡所不有。又有风山，山恒震声。有紫府宫，天真仙女游于此地。

元洲在北海中，地方三千里，去南岸十万里。上有五芝玄涧，涧水如蜜浆，饮之长生，与天地相毕。服此五芝，亦得长生不死，亦多仙家。

流洲在西海中，地方三千里，去东岸十九万里。上多山川积石，名为昆吾。冶其石成铁，作剑光明洞照，如水精状，割玉物如割泥。亦饶仙家。

生洲在东海丑寅之间，接蓬莱十七万里，地方二千五百里。去西岸二十三万里。上有仙家数万。天气安和，芝草常生。地无寒暑，安养万物。亦多山川仙草众芝。一洲之水，味如饴酪。至良洲者也。

凤麟洲在西海之中央，地方一千五百里。洲四面有弱水绕之，鸿毛不浮，不可越也。洲上多凤麟，数万各为群。又有山川池泽，及神药百种，亦多仙家。煮凤喙及麟角，合煎作膏，名之为续弦胶，或名连金泥。此胶能续弓弩已断之弦、刀剑断折之金，更以胶连续之，使力士掣之，他处乃断，所续之际终无断也。武帝天汉三年，帝幸北海，祠恒山。四月，西国王使至，献此胶四两，吉光毛裘，武帝受以付外库，不知胶裘二物之妙用也。以为西国虽远，而上贡者不奇，稽留使者未遣。又，时武帝幸华林园射虎，而弩弦断。使者时从驾，又上胶一分，使口濡以续弩弦。帝惊曰："异物也！"乃使武士数人，共对掣引之，终日不脱，如未续时也。胶色青如碧玉。吉光毛裘黄色，盖神马之类也。裘入水数日不沉，入火不焦。帝于是乃悟，厚谢使者而遣去，赐以牡桂干姜等诸物，是西方国之所无者。又益思东方朔之远见。周穆王时，西胡献昆吾割玉刀及夜光常满杯。刀长一尺，杯受三升。刀切玉如切泥，杯是白玉之精，光明夜照。冥夕，出杯于中庭以向天，比明而水汁已满于杯中也。汁甘而香美，斯实灵人之器。秦始皇时，西胡献切玉刀，无复常满杯耳。如此胶之所出，从凤麟洲来，剑之所出，必从流洲来，并是西海中所有也。

聚窟洲在西海中，申未之地。地方三千里，北接昆仑二十六万里，去东岸二十四万里。上多真仙灵官，宫第比门，不可胜数。及有狮子辟邪，凿齿天鹿，长牙铜头，铁额之兽。洲上有大山，形似人鸟之象，因名之为神鸟山。山多大树，与枫木相类，而花叶香闻数百里，名为反魂树。扣其树，亦能自作声，声如群牛吼，闻之者，皆心震神骇。伐其木根心，于玉釜中煮，取汁，更微火煎，如黑饧状，令可丸之。名曰惊精香，或名之为震灵丸，或名之为反生香，或名之为震檀香，或名之为人鸟精，或名之为却死香。一种六名，斯灵物也。香气闻数百里，死者在地，闻香气乃却活，不复亡也。以香薰死人，更加神验。征和三年，武帝幸安定。西胡月支国王遣使献香四两，大如雀卵，黑如桑椹。帝以香非中国所有，以付外库。又献猛兽一头，形如五六十日犬子，大似狸，而色黄。命国使将入呈帝见之，使者抱之，似犬，羸细秃悴，尤怪其之非也。问使者："此小物可弄，何谓猛兽？"使者对曰："夫威加百禽者，不必系之以大小。是以神麟故为巨象之王，鸾凤必为大鹏之宗。百足之虫，制于螣蛇。亦不在于巨细也。臣国去此三十万里，国有常占东风入律，百旬不休，青云干吕，连月不散者。当知中国时有好道之君，我王固将贱百家而贵道儒，薄金玉而厚灵物也。故搜奇蕴而贡神香，步天林而请猛兽，乘毳车而济弱渊，策骥足以度飞沙。契阔途遥，辛苦蹊路，于今已十三年矣。神香起夭残之死疾，猛兽却百邪之魅鬼。夫此二物，实济众生之至要，助政化之升平。岂图陛下反不知真乎？是臣国占风之谬矣。今日仰鉴天姿，亦乃非有道之君也。眼多视则贪色，口多言则犯难，身多动则淫贼，心多饰则奢侈。未有用此四者而成天下之治也。"武帝恧然不平。又问使者："猛兽何方而伏百禽？食啖何物？膂力何比？其所生何乡耶？"使者曰："猛兽所出，或生昆仑，或生玄圃，或生聚窟，或生天路。其寿不穷，食气饮露，解人言语，仁慧忠恕。当其仁也，爱护蠢动不犯虎豹；当其威也，一声叫发千人伏息。牛马百物，惊断絙系，武士奄忽，失其势力。当其神也，立兴风云，吐嗽雨露，百邪迸走，蛟龙腾骛。处于太上之厩，役御狮子，名曰猛兽。盖神光无常，能为大禽之宗主，乃玃天之元王，辟邪之长帅者也。灵香虽少，斯更生之神丸也。疫病灾死者，将能起之。及闻气者，即活也。芳又特甚，故难歇也。”于是帝使使者令猛兽发声，试听之。使者乃指兽，命唤一声。兽舐唇良久，忽叫，如天大雷霹雳。又两目如礔磹之交光，光朗冲天，良久乃止。帝登时颠蹶，掩耳震动，不能自止。侍者及武士虎贲，皆失仗伏地，诸内外牛马豕犬之属，皆绝绊离系，惊骇放荡，久许，咸定。帝忌之，因以此兽付上林苑，令虎食之。于是虎闻兽来，乃相聚屈积如死虎伏。兽入苑，径上虎头，溺虎口，去十步已来，顾视虎，虎辄闭目。帝恨使者言不逊，欲收之。明日失使者及猛兽所在，遣四出寻讨，不知所止。到后元元年，长安城内病者数百，亡者太半。帝试取月支神香烧之于城内，其死未三月者，皆活。芳气经三月不歇，于是信知其神物也。乃更秘录余香，后一旦又失之，检函，封印如故，无复香也。帝愈懊恨，恨不礼待于使者。益贵方朔之遗语，自愧求李君之不勤，惭卫叔卿于阶庭矣。明年，帝崩于五柞宫。已亡月支国人鸟山震檀却死等香也。向使厚待使者，帝崩之时，何缘不得灵香之用耶？自合命殒矣。

沧海岛在北海中，地方三千里，去岸二十一万里。海四面绕岛，各广五千里。水皆苍色，仙人谓之沧海也。岛上俱是大山，积石至多。石象八石，石脑石桂，英流丹黄子石胆之辈百余种，皆生于岛。石服之神仙长生。岛中有紫石宫室，九老仙都所治，仙官数万人居焉。

方丈洲在东海中心，西南东北岸正等，方丈方面各五千里。上专是群龙所聚，有金玉琉璃之宫，三天司命所治之处。群仙不欲升天者，皆往来此洲，受太玄生箓，仙家数十万。耕田种芝草，课计顷亩，如种稻状。亦有玉石泉，上有九源丈人宫主，领天下水神，及龙蛇巨鲸阴精水兽之辈。

扶桑在东海之东岸，岸直，陆行登岸一万里，东复有碧海。海广狭浩污，与东海等。水既不咸苦，正作碧色，甘香味美。扶桑在碧海之中，地方万里。上有太帝宫，太真东王父所治处。地多林木，叶皆如桑。又有椹树，长者数千丈，大二千余围。树两两同根偶生，更相依倚。是以名为扶桑仙人。食其椹而一体皆作金光色，飞翔空玄。其树虽大，其叶椹故如中夏之桑也。但椹稀而色赤，九千岁一生实耳，味绝甘香美。地生紫金丸玉，如中夏之瓦石状。真仙灵官，变化万端，盖无常形，亦有能分形为百身十丈者也。

蓬丘，蓬莱山是也。对东海之东北岸，周回五千里。外别有圆海绕山，圆海水正黑，而谓之冥海也。无风而洪波百丈，不可得往来。上有九老丈人，九天真王宫，盖太上真人所居。唯飞仙有能到其处耳。

昆仑，号曰昆崚，在西海之戌地，北海之亥地，去岸十三万里。又有弱水周回绕匝。山东南接积石圃，西北接北户之室，东北临大活之井，西南至承渊之谷。此四角大山，实昆仑之支辅也。积石圃南头，是王母告周穆王云：咸阳去此四十六万里，山高，平地三万六千里。上有三角，方广万里，形似偃盆，下狭上广，故名曰昆仑山三角。其一角正北，干辰之辉，名曰阆风巅；其一角正西，名曰玄圃堂；其一角正东，名曰昆仑宫；其一角有积金，为天墉城，面方千里。城上安金台五所，玉楼十二所。其北户山、承渊山，又有墉城。金台、玉楼，相鲜如流，精之阙光，碧玉之堂，琼华之室，紫翠丹房，锦云烛日，朱霞九光，西王母之所治也，真官仙灵之所宗。上通璇玑，元气流布，五常玉衡。理九天而调阴阳，品物群生，希奇特出，皆在于此。天人济济，不可具记。此乃天地之根纽，万度之纲柄矣。是以太上名山鼎于五方，镇地理也；号天柱于珉城，象纲辅也。诸百川极深，水灵居之。其阴难到，故治无常处。非如丘陵而可得论尔。乃天地设位，物象之宜，上圣观方，缘形而著尔。乃处玄风于西极，坐王母于坤乡。昆吾镇于流泽，扶桑植于碧津。离合火生，而光兽生于炎野；坎总众阴，是以仙都宅于海岛。艮位名山，蓬山镇于寅丑；巽体元女，养巨木于长洲。高风鼓于群龙之位，畅灵符于瑕丘。

至妙玄深，幽神难尽，真人隐宅，灵陵所在。六合之内，岂唯数处而已哉！此盖举其摽末尔。臣朔所见不博，未能宣通王母及上元夫人圣旨。昔曾闻之于得道者，说此十洲大丘灵阜，皆是真仙隩墟，神官所治。其余山川万端，并无觌者矣。其北海外，又有钟山。在北海之子地，隔弱水之北一万九千里，高一万三千里，上方七千里，周旋三万里。自生玉芝及神草四十余种，上有金台玉阙，亦元气之所舍，天帝居治处也。钟山之南，有平邪山，北有蛟龙山，西有劲草山，东有束木山。四山，并钟山之枝干也。四山高钟山三万里，官城五所，如一登四面山下望，乃见钟山尔。四面山乃天帝君之城域也。仙真之人出入，道经自一路，从平邪山东南入穴中，乃到钟山北阿门外也。天帝君总九天之维，贵无比焉。山源周回，具有四城之高，但当心有观于昆仑也。昔禹治洪水既毕，乃乘跻车，度弱水，而到此山，祠上帝于北阿，归大功于九天。又禹经诸五岳，使工刻石，识其里数高下。其字科斗书，非汉人所书。今丈尺里数，皆禹时书也。不但刻劖五岳，诸名山亦然。刻山之独高处尔。今书是臣朔所具见，其王母所道诸灵薮，禹所不履，唯书中夏之名山尔。臣先师谷希子者，太上真官也。昔授臣昆仑钟山、蓬莱山及神洲真形图。昔来入汉，留以寄知故人。此书又尤重于岳形图矣。昔也传授年限正同尔。陛下好道思微，甄心内向，天尊下降，并传授宝秘。臣朔区区，亦何嫌惜而不止所有哉！然术家幽其事，道法秘其师。术泄则事多疑，师显则妙理散。愿且勿宣臣之意也。

武帝欣闻至说，明年遂复从受诸真形图。常带之肘后，八节当朝拜灵书，以书求度脱焉。朔谓滑稽逆知，预观帝心，故弄万乘，傲公侯，不可得而师友，不可得而喜怒，故武帝不能尽至理于此人。